外国文艺理论丛书

艺术与现实的审美关系

〔俄〕车尔尼雪夫斯基 著

周 扬 译

人民文学出版社
PEOPLE'S LITERATURE PUBLISHING HOUSE

Чернышевский Н. Г.
Эстетические отношения искусства к действительности
根据 S. D. Kogan 英译本（International literature，№ 6，1935）翻译。
根据 Н. Г. Чернышевский. Избранные философские сочинения
（Москва，Госполитиздат，1950–1951）校订。

图书在版编目（CIP）数据

艺术与现实的审美关系/（俄罗斯）车尔尼雪夫斯基著；周扬译.—2
版.—北京：人民文学出版社，2022
（外国文艺理论丛书）
ISBN 978-7-02-017083-8

Ⅰ.①艺… Ⅱ.①车… ②周… Ⅲ.①艺术美学 Ⅳ.①J01

中国版本图书馆 CIP 数据核字（2021）第 055293 号

责任编辑　柏　英
装帧设计　黄云香
责任印制　王重艺

出版发行　**人民文学出版社**
社　　址　北京市朝内大街 166 号
邮政编码　100705

印　　刷　三河市鑫金马印装有限公司
经　　销　全国新华书店等

字　　数　110 千字
开　　本　880 毫米×1230 毫米　1/32
印　　张　4.5　插页 1
印　　数　1—3000
版　　次　1957 年 5 月北京第 1 版
　　　　　1979 年 6 月北京第 2 版
印　　次　2022 年 1 月第 1 次印刷

书　　号　978-7-02-017083-8
定　　价　39.00 元

如有印装质量问题，请与本社图书销售中心调换。电话：010-65233595

出 版 说 明

　　"外国文艺理论丛书"的选题为上世纪五十年代末由当时的中国科学院文学研究所组织全国外国文学专家数十人共同研究和制定，所选收的作品，上自古希腊、古罗马和古印度，下至二十世纪初，系各历史时期及流派最具代表性的文艺理论著作，是二十世纪以前文艺理论作品的精华，曾对世界文学的发展产生过重大影响。该丛书曾列入国家"七五""八五"出版计划，受到我国文化界的普遍关注和欢迎。

　　进入新世纪以来，随着各学科学术研究的深入发展，为满足文艺理论界的迫切需求，人民文学出版社决定对这套丛书的选题进行调整和充实，并将选收作品的下限移至二十世纪末，予以继续出版。

人民文学出版社编辑部

二〇二二年一月

目　次

关于车尔尼雪夫斯基和他的美学

一

车尔尼雪夫斯基是人类历史上所曾产生的伟大人物之一：他是十九世纪六十年代俄国革命运动的公认领袖；他是一个具有社会主义精神的革命民主主义者。就他所涉及的知识领域而论，他一身而兼作家、文学批评家、哲学家、社会科学家、经济学家，而且在每一个领域他都有独特的成就。论修养与品质，他具有阔大的胸襟、百科全书般的知识，融合着真正革命家的精力和热情。他的一生充满了斗争的磨难。普列汉诺夫曾比拟他为普罗米修斯。是的，他不只是文学上的普罗米修斯，而且也是俄国革命中的普罗米修斯。只要想起他在牢狱、苦役、流放中所度过的二十一年的悠久岁月，再回头看一看他在艺术、科学、哲学各方面留下的丰富而宝贵的遗产，我们真不能不为他的革命毅力和才能而惊叹不止！

马克思在热心地阅读了他的著作之后，称许他为"伟大的俄国学者和批评家"，说他的作品是"俄国的光荣"。当听到他被放逐的消息的时候，马克思曾慨然地说那不仅是俄国学术界，而且是整个欧洲学术界的损失。

列宁对于他，正如克鲁普斯卡雅所说，更是感到一种亲密关系。在几次的思想斗争中，不论是反民粹派也好，反马赫主义者也好，列宁都非常恰当地援引了他的这位先师的话语来驳难他的论敌。在列宁心目中，没有一个俄国作家曾占有如此崇高的地位。

列宁称呼他为"唯一真正伟大的俄国作家"。

马克思、列宁对于车尔尼雪夫斯基的这种评价一点都不过分。伟大的人物值得伟大的赞美。

二

尼古拉·加夫里洛维奇·车尔尼雪夫斯基于一八二八年七月二十四日生于伏尔加河畔的萨拉托夫城的一个牧师家庭里。他幼年时代的教育是在家庭受的,他父亲是一个受过良好教育的人,有相当多的藏书。到了十四岁他才进神学校。他从小非常好学,攻读了各种历史书籍以及俄国和外国的文学作品。他学会了许多国家的文字,英、法、德文不消说,就是希腊文、拉丁文以至希伯来文、波斯文都学过。在学校中他的知识之广博、记忆力之强,是曾令朋辈惊倒的。神学校毕业出来之后,父亲原希望他做牧师,因此怂恿他进神学院。但是这位十八岁的青年却进了彼得堡大学,专攻历史和语言学。

这时正是尼古拉一世统治时期。人民呻吟在专制政治和农奴制度的压迫之下。在镇压了十二月党人的暴动之后,被一八四八年欧洲革命浪潮所震惊的沙皇,采取了绞杀一切自由思想的政策。科学、哲学、艺术都被看成危险物而受到迫害;有一个时期,在大学里甚至禁止讲授哲学。但是在人民中,革命的思想正像火花一样爆发开来。车尔尼雪夫斯基最忠实地表达了千百万农民的革命情绪,维护了他们的利益。他在西欧空想社会主义的教义和费尔巴哈的唯物主义哲学的熏陶下,形成了自己的革命的世界观。他梦想一个自由的俄国,而且决心为实现这个目的而奋斗。他在上大学时就成了无神论者、共和主义者和革命家。

一八四八年欧洲大陆的革命,在车尔尼雪夫斯基的政治见解的形成上发生了重大影响。那年九月他在日记上曾经记着,他是一个"红色的共和主义者"。他拥护共和国,努力想要消灭君主政体。"灭亡吧,而且愈快愈好。"他在日记里这样写着。车尔尼雪夫斯基认为,新的政权应当交给最下层而又人数最多的阶级的手里——农民、雇工和工人的手里。他说,只有这种政府才能维护劳动人民的利益。

读完了大学,车尔尼雪夫斯基于一八五一年回到萨拉托夫,在故乡当了一个短时期的教员。一八五三年,他重返彼得堡,不久,他就在《现代人》上开始他的文学活动。《现代人》这个刊物是普希金创办的,当时的主编是有名的民主诗人涅克拉索夫,他请车尔尼雪夫斯基担任刊物的政治和文学批评栏的编辑。和涅克拉索夫、杜勃罗留波夫一道,车尔尼雪夫斯基使这个刊物成了民主革命思想的讲坛、进步文学的堡垒。

这是车尔尼雪夫斯基写作最多的一个时期,他不但写得多,而且他写的每一种作品都是出色的:思想丰富而深刻,有独创之见,充满了战斗精神。《艺术与现实的审美关系》《俄国文学中的果戈理时期概论》《莱辛,其时代、生平及活动》三书,几乎包括了他整个美学的和文艺批评的学说。《对约翰·斯图亚特·穆勒的〈政治经济学〉第一部的补充和注释》,指出了资产阶级政治经济学的矛盾,正是这一点博得了马克思的高度赞赏。《哲学中的人类学原理》是从科学观点来论证唯物主义哲学的卓越的尝试。所有这些著作给了统治阶级的反动思想以粉碎性的打击,揭露了唯心主义和僧侣主义,宣传了改造现实的革命观点,以民主主义的精神教育了群众。

思想斗争也在《现代人》内部进行着。围绕着《现代人》,有两派互相对立。一边是老的撰稿人,像屠格涅夫那样负有声誉的、自由主义的贵族气味的作家;一边是杜勃罗留波夫和车尔尼雪夫斯基那样的新进作家、平民知识分子、民主主义者。双方有着年龄、气质和阶级的隔膜。屠格涅夫和《现代人》的决裂是一个富有意义的事件。先是车尔尼雪夫斯基发表了一篇对《阿霞》的评论，屠格涅夫已不高兴他的语气。杜勃罗留波夫在论《前夜》的文章中的开头几段又对唯美主义批评有所指摘，当屠格涅夫看到这文章校样的时候，就更生气了，他要求把那头几段删去。但是文章却一字未改地登出来了。接着是一篇未署名的对美国作家霍桑的《奇异的书》(*Wonder Book*)的俄译本的评论，其中又有暗射《罗亭》的地方，这可使屠格涅夫不能忍受了。他要求退出《现代人》。但是安年科夫没有把他的信转交，为的是希望和解。这时争论已成为众所周知的事，于是车尔尼雪夫斯基就公开声言这个分裂是由于政治社会见解不同。这一来，一切都无可挽回了，从此屠格涅夫的名字不再在《现代人》上出现。损失自然是在屠格涅夫一边。他不但失去了他的老友、主编涅克拉索夫的深厚友谊，也损失了他作为作家在年轻一代中间的威望。但是后来车尔尼雪夫斯基被放逐，杜勃罗留波夫早夭，屠格涅夫就自然地消释了对他们的不满，而作为卓越的现实主义者的他反而在这两位批评家身上看出了新时代的典型人物的征候。

车尔尼雪夫斯基并不只是一个评论家、理论家。他投身在剧烈的政治斗争中，和非法的革命组织发生关系，起草秘密宣言，号召农民起来为他们自身的解放而战斗。车尔尼雪夫斯基是十九世纪六十年代蓬勃发展的农民运动所产生的最伟大的思想代表。车尔尼雪夫斯基由于他的思想中有空想社会主义的成分，对农民公社的作用作了错误的估计，他梦想经过旧的半封建的农民公社过渡到社会主义。这样，他成了革命的民粹派运动的创始者。但是车尔尼雪夫斯基却比后来的民粹派高出万倍，他看得比他们远。他看出了一八六一年的农奴改革并无好处，而认为要真正解放农奴，没有农奴革命是不成功的。在他的学说中，社会主义和革命民主主义的思想浑然融合着。

车尔尼雪夫斯基的活动引起了沙皇政府的很大不安。他们害怕车尔尼雪夫斯基，害怕他的火焰一般的革命言论。终于，在一八六二年秋天，《现代人》被禁止；车尔尼雪夫斯基被逮捕，幽囚在彼得保罗要塞；他受了将近两年的独身监禁。正是在这里，他写出了有名的小说《怎么办?》。

　　《怎么办?》是一本被十九世纪六十年代俄国进步知识分子奉为福音的书。书中的人物洛普霍夫、韦拉·巴夫洛芙娜、基尔萨诺夫和革命家拉赫梅托夫都是完全新的典型；和俄国文学中常见的，那种不能行动、被怀疑的讥讽和反省所腐蚀的哈姆雷特型的人物，即高尔基所谓的"多余的人"的典型相反，车尔尼雪夫斯基描写了具有乐观主义和不屈不挠的意志的人，对人民事业无限忠诚的、高尚的、自我牺牲的人，像车尔尼雪夫斯基自己一样的人。正如这小说的副标题所表示的，这是真正的"新人的故事"。三角恋爱的陈旧主题被给予了不同流俗的新的处理和解决。当洛普霍夫发现自己心爱的妻子爱上了他的朋友基尔萨诺夫的时候，他就在假装自杀的掩盖之下毅然出走，成全了互相爱恋者的关系。这丝毫不是什么伪善或矫情，而是把人民的事业看得高于恋爱，把共同的利益看得高于个人的利益，是对女性的真正尊重，是真正体现男女平等的思想，是感情与理智的和谐的融合。作者当然不只写了恋爱故事，重要的是他在这书中展开了对封建俄国的社会关系和生活的深刻批评，描绘了建筑在集体劳动与高度技术的合理组织上的未来社会主义社会的图画。这本书概括了作者的社会政治的、哲学的和道德的观点。书中的先进人物的光辉形象影响和教育了同时代和后代的无数青年男女。普列汉诺夫说，自从印刷机输入俄国以来，没有一本书曾享有像《怎么办?》这样的成功。克鲁泡特金在他的《俄国文学史》中也说："不论是屠格涅夫的小说还是托尔斯泰或其他作家的作品，都没有对俄国青年发生像车尔尼雪夫斯基这本小说一样广大而深刻的影响。"列宁喜爱《怎么办?》，连它极小的细节也都记得。季米特洛夫在一篇关于文学的演讲里曾说这样的话：

> 　　在我幼年时代的脑海里，文学产生了怎样一种特别强烈的印象呢？由于什么东西的影响，形成了我现在的作为一个战士的性格呢？我可以坦白地告诉你们：那就是车尔尼雪夫斯基的《怎么办？》。我投身于保加利亚工人运动的那种坚定性，以及支持莱比锡审问直到结束的那种坚决、镇定和顽强，——我敢相信在某些方面这是和我幼年时所读的车尔尼雪夫斯基的作品有关系的。

正当《怎么办？》在出版后卷起空前反响的时候，它的作者，已入狱两年的车尔尼雪夫斯基却被政府以莫须有的罪名判决褫夺一切公权，并被放逐到西伯利亚矿山服十四年苦役。这是沙皇无数罪恶中的一桩最重大的罪恶。而尤其可耻的是在流放之前还执行了一次虚假的死刑。

一八六四年五月的一天。一个阴沉的早晨。下着细雨。彼得堡的一处广场上特别竖起了一个蒙着黑布的绞台，周围布满了骑着马的宪兵，阻挡住涌向前来的群众，其中主要是学生。绞台后面安了一道栅栏，成群的工人和平民齐集在那里。许多暗探混藏在群众中间。一辆黑色马车驶到了绞台近旁，宪兵打开车门，一个灰色头发的中年人走下车来。这就是车尔尼雪夫斯基。他被带上绞台，一个执行人在他胸前挂上一块黑牌，上面写着"国事犯"。一个政府官吏开始宣读判决。判决宣读完毕，执行人便将车尔尼雪夫斯基拉到竖枷前，把他的两手套进链圈里。就这样，车尔尼雪夫斯基被缚在竖枷上约莫有一刻钟之久。最后，执行人松开链子，把他拉到绞台中央，粗鲁地取下他的帽子，强迫他跪下，于是拿起一把刀在他的头顶上折断。一个姑娘将一束花掷到绞台上去。她立刻被捕了。车尔尼雪夫斯基被拉上马车，重又载回彼得保罗要塞去了。

这场屈辱的刑罚曾激起了赫尔岑的无可压抑的愤怒。他在一八六四年他所主编的刊物《钟声》上写道："没有一个俄国画家来描绘缚在竖枷上的车尔尼雪夫斯基的画像吗？这控诉的画面将足供后代瞻仰，使那戕害人类思想的愚蠢恶棍的无赖行为永垂不朽，以与十字架争相辉映。"

车尔尼雪夫斯基最后被放逐到西伯利亚一个非常偏僻的地方——涅尔琴斯克。他的朋友，俄国革命家们曾两次企图设法使他逃跑。第一次是葛尔曼·洛巴丁，第二次是伊波立特·梅希金。但两次都失败了。梅希金的一次特别富有戏剧味，而结局是悲惨的。他化装宪兵军官来到涅尔琴斯克，要求引渡车尔尼雪夫斯基，但是他的计谋终于被识破了，他被逮捕，死于监狱中。从此以后，车尔尼雪夫斯基就写了一封公开信，劝告那些好心的朋友不要再企图来解救他。这封信曾发表在七十年代的外国报纸上。

也曾有人向车尔尼雪夫斯基提议请求沙皇饶赦，对于这种提议他是断然地拒绝了。他说："谢谢，但是我为什么应该请求赦免呢？在我看来，我之被流放仅仅是因为我的脑袋和宪兵长官雪瓦罗夫的脑袋的构造各不相同，难道因为这个就要请求赦免吗？"他的心灵是如此高尚和坚定，就是在给他妻子的信中他也从没有说过一句诉怨的话。相反，他极力把他的可怕的处境描写成十分有条理的、几乎是安适的生活。

在流放中，不顾西伯利亚的寒冷和一切困难条件，车尔尼雪夫斯基仍是和以前一样孜孜不倦地工作。但是由于没有参考书，他无法撰写学术性的著作，而只能写些文学作品。在这些作品中最值得注意的是他的小说《序幕》。这是一部十分尖锐的政治小说，在那里面充满了对沙皇统治和农奴制度的憎恨，和对那些赞扬一八六一年农奴改革的自由主义空谈家的嘲笑。列宁在《什么是"人民之友"以及他们如何攻击社会民主主义者？》中着重引用了《序幕》主人公伏尔庚的话（实际上也就是车尔尼雪夫斯基自己的话）之后，曾不胜赞叹地说："一定要有车尔尼雪夫斯基的天才，才能在实行农奴改革的时候（而且是这改革甚至在西方也还没有被充分了解的时候），就如此清楚地了解这个改革的基本的资产阶级的性质。"

车尔尼雪夫斯基在西伯利亚流放到一八八三年，即当他被捕二十一年之后，才被允许离开涅尔琴斯克回到俄罗斯，居留在阿斯特拉罕，仍受着警察的监视。长期的折磨已经使车尔尼雪夫斯基骨瘦如柴了。但他仍然不屈服于沙皇，他还是充满了工作热情和勇气。但是精力到底已经衰竭了。生命正在消逝着。死前不久，他才被允许回到萨拉托夫。一八八九年十月二十九日车尔尼雪夫斯基溘然长逝。一代巨人就这样终结了他的生命。

车尔尼雪夫斯基坚信革命就要到来，社会主义终将实现。虽然由于当时俄国社会经济的落后，他没有能够上升到科学社会主义的水平，但是他的见解却远远超出了西欧空想社会主义者，他肯定推翻剥削者的人民群众的阶级斗争，信奉唯物主义的思想。他的全部著作，不论是关于经济的和文学的，关于历史的和现实政治的，都表现了唯物主义的观点，都是对于革命、对于为自由而战的热烈的号召。

三

车尔尼雪夫斯基的著名学位论文《艺术与现实的审美关系》和他的其他哲学著作一样，表现了革命的和唯物主义的倾向。他把唯物主义的结论应用到艺术的特殊领域。这是一本具有尖锐的、战斗的、论辩特色的著作，它是对唯心主义美学的一个大胆挑战，是建立唯物主义美学的第一个光辉的贡献。

唯心主义美学，特别是黑格尔及其流派的美学，在学术界曾占有统治的地位。车尔尼雪夫斯基，一位二十七岁的青年学者，原先也是黑格尔信徒，现在是费尔巴哈唯物主义哲学的信奉者，对当时流行的美学体系进行了尖锐的、不可调和的批判。唯心主义美学认为美是绝对观念的显现的一种形式，把艺术中的美置于现实中的美之上。既然美是观念在个别对象上的体现，那就必然会归结到："在现实中美只是我们的想象所加于现实的一种幻象"，"在现实中没有真正的美"，艺术就是填补这个空隙的，因此艺术中的美也就要高于现实中的美。车尔尼雪夫斯基坚决地反对了这种观点。如《艺术与现实的审美关系》这个题名所表示的，他把美从天上拉到了地下，给它安放了适当的位置；他对艺术和现实的关系作了一个正确的解决。他的全部理论的出发点是"尊重现实生活，不信先验的假设"。

"美是生活"，这就是车尔尼雪夫斯基在美学上的有名公式。根据这个命题，他逐条反驳着那种认为艺术的美高于生活的美的错误观点，而肯定在现实之外没有真正的美，人对于美的渴望只有在现实中才能得到满足。生活的美总是高于艺术的美，艺术不过是现实的一种苍白的、不完全的，甚至多少是片面的再现而已。他将两者在一切点上来加以衡量和比较，把被颠倒了的价值翻正过来。他为我们打了一个有趣的比喻：生活的美如同金条没有戳记，许多人都不肯使用它；艺术作品原不过是钞票，人使用它久了，竟忘了它的全部价值都是由于它代表一定分量的金子而来的。"现实中不完全美的一切——是坏的；艺术中勉强可以的一切——是最好的。"他说这就是支配人们判断的一条规律。车尔尼雪夫斯基竭力使人们认识生活本来的价值。他说，健康的人会常常在生活中找到满足；只有对于平淡无味的人，生活才是空虚而平淡的。

车尔尼雪夫斯基以他的论辩的逻辑使人们在二者之中必择其一：或者承认美是生活，这样艺术就只有在对生活的忠实反映中才能获取美，在这以外追求任何别的美的目的都将是徒劳的；或者，承认生活在美的方面是欠缺的，纵令是极小的欠缺也罢，那么，就在这欠缺上，艺术可以找到一个回避实际生活、逃入别一个美的世界去的借口。车尔尼雪夫斯基不要给唯心主义美学以任何可乘的间隙，他堵塞了艺术走向非现实去的一切道路。车尔尼雪夫斯基使艺术和生活紧密地结合起来，引导人热爱生活，并为美好的生活而奋斗。

关于"美是生活"这个公式，车尔尼雪夫斯基作了如下的说明：

> 美的事物在人心中所唤起的感觉，是类似我们当着亲爱的人面前时洋溢于我们心中的那种愉悦。我们无私地爱美，我们欣赏它、喜欢它，如同喜欢我们亲爱的人一样。由此可知，美包含着一种可爱的、为我们的心所宝贵的东西。但是这个"东西"一定是一个无所不包、能够采取最多种多样的形式、最富有一般性的东西；因为只有最多种多样的对象，彼此毫不相似的事物，我们才会觉得是美的。
>
> 在人觉得可爱的一切东西中最有一般性的，他觉得世界上最可爱的，就是生活；首先是他所愿意过、他所喜欢的那种生活；其次是任何一种生活，因为活着到底比不活好：但凡活的东西在本性上就恐惧死亡，惧怕不活，而爱活。所以，这样一个定义：
>
> "美是生活"；
>
> "任何事物，我们在那里面看得见依照我们的理解应当如此的生活，那就是美的；任何东西，凡是显示出生活或使我们想起生活的，那就是美的"；
>
> ——这个定义似乎可以圆满地说明在我们内心唤起美的情感的一切事例。

根据"美是生活"这个公式，车尔尼雪夫斯基肯定了美及其他美的范畴的客观性。他把美安放在广阔的生活基础上，撕下了美的神秘的帷幕。他正确地指出了美不是什么永远不变的、绝对的东西。他说：

> 每一代的美都是而且也应该是为那一代而存在：它毫不破坏和谐，毫不违反那一代的美的要求；当美与那一代一同消逝的时候，再下一代

就将会有它自己的美、新的美，谁也不会有所抱怨的。……今天能有多少美的享受，今天就给多少；明天是新的一天，有新的要求，只有新的美才能满足它们。

"绝对""完美"这些观念受到了车尔尼雪夫斯基的科学的检查。他认为，"完美"只是近似的完美，"绝对"是没有的。他举了一个日常的例子来证明："我们希望饮清洁的水，但也不是绝对清洁的水：绝对清洁的水（蒸馏水）甚至是不可口的。"他说，人人都认为美的海，倘若你用数学式般严格的眼光去看的话，就会发现它有许多缺点，第一个缺点就是海面不平，向上凸起。任何一副美丽的面孔，用显微镜一照，就会看出满脸的汗渍。一棵美好的树，它的叶子上总不免有小虫所蛀的痕迹。然而这一切都无碍于现实是美的。如果要在艺术作品中来找这样的缺点，那机会就更多了。

车尔尼雪夫斯基的天才卓见，不只是在于他看出了美的观念来源于生活，而且还在于他看到了美的观念随人类生活的物质条件而变化。各个阶级，由于在社会生产中所处的地位不同，各有其不同的美的理想。他比较了贵族美人和农村少女的两种不同的美。农家女因为要劳动，所以旺盛的健康和均衡的体格就成了她们美的标志。反之，贵族美人，因为她们历代祖先都是不用手劳动而生活过来的，她们自己又终日无所事事，就自然地长成了纤细的手足，而且以此为美了。她们又因为无所事事和没有物质的忧虑，而反倒感到了生活空虚，于是就寻求刺激和热情，借以消磨自己，因此美人的慵倦和苍白就被当作了她"生活了很多"的证明，而偏头痛也成为有趣味的疾病了。在这里，车尔尼雪夫斯基对于贵族的生活和他们的美的标准给予了多么辛辣的讽刺啊！他要求一种合理的生活，他说"真正的生活是思想和心灵的生活"，美应当体现在这种生活上面。

当车尔尼雪夫斯基说"美是生活"的时候，他关于生活的概念常常是他所谓的"应当如此"的生活。他说："任何东西，凡是我们在其中看见我们所理解和希望的、我们所欢喜的那种生活的，便是美。"他特别强调了"我们"这两个字。

照车尔尼雪夫斯基看来，生活这个概念不仅包含现存的事物，而且也包含我们所希望的事物、可能的事物；这样，艺术作品就不只是要表现生活是什么，而且要指出生活应当如何。车尔尼雪夫斯基认为，艺术不但是再现现实，而且要说明生活和批判生活。他的小说《怎么办?》就是他的这种理论的一个实践。正是在这个意义上，艺术才能完成车尔尼雪夫斯基所说的充当"生活教科书"的任务。

但是，车尔尼雪夫斯基由于他的美学观点中带有费尔巴哈哲学的直观的特点，常常把艺术看成只是消极地再现现实，而忽视艺术改造社会的积极作用，特别是因为要反驳唯心主义美学认为艺术高于生活的那种概念，车尔尼雪夫斯基常常片面地强调生活而过分地贬低艺术的价值，这样，在车尔尼雪夫斯基的美学体系中就发生了一些矛盾。很显然，艺术既然像车尔尼雪夫斯基所说的不过是现实的简单的复制品，那么，复本如何能够说明原本，更如何能够批判原本呢？艺术既然比之生活是苍白、贫弱而又无力的，它又如何能够做"生活教科书"呢？承认艺术是"生活教科书"，就是承认它的积极改造生活的作用。假如说车尔尼雪夫斯基的美学观点中多少带有消极的直观的性质，那么在他的最后结论上却克服了那种性质。

车尔尼雪夫斯基说："科学和艺术(诗)是开始研究生活的人的'教科书'，其作用是准备我们去读原始材料，然后偶尔供查考之用。"书籍应当引导人走向生活，走向斗争，这里就表现出了作为战斗的革命民主主义者的车尔尼雪夫斯基的特色。他又说："人的任何一件重要的事情都需要他去和自然或别人作严重的斗争。"车尔尼雪夫斯基看出了人们实践活动的基本内容就是物质生产和阶级斗争。车尔尼雪夫斯基重视人以及人的劳动。他甚至仅仅因为艺术是人类的产物、人的心智所惨淡经营得来的结果,而容许了我们对于艺术的偏爱。

车尔尼雪夫斯基虽然在他的美学论文中有意识地竭力贬低艺术的价值,但从他对过去作家和作品的论述中却可以看出他对于文学艺术给予了何等高的评价。他在《俄国文学中的果戈理时期概论》中说,莎士比亚作品的艺术的完美与心理的深刻,曾给了艺术的命运以巨大的、有益的影响,而且通过这个又间接影响了人类的发展;他认为拜伦在人类史上比拿破仑更重要。他慨叹似地说:"不论我们如何高地评价文学的重要,我们总还是评价得不够高。"

的确,假如没有人类艺术全部成果的累积,人类的生活在美的方面将是不可想象的。且不说人类所有的生产品都是由原始的粗糙进到了艺术的精美的阶段,一切真正的艺术作品不但丰富了人的审美能力,而且丰富了人的整个内心生活,启发了高尚的思想和情感、梦想和希望,而这些照车尔尼雪夫斯基所说,也是属于实际生活的一部分,而且还应该说是很重要的一部分。

马克思对美的对象和有审美力的主体之间的关系,作了真正辩证的解决。他指明了:第一,两者都是历史的产物,从人类的物质与精神生产活动过程中成长起来的,第二,美的对象产生了有审美力的主体,有审美力的主体又产生出美的对象。马克思在《〈政治经济学批判〉导言》里曾说过:

> 艺术对象——任何其他生产物也一样——创造着具有艺术感觉和审美能力的群众。因此,生产不仅为主体产生出对象,而且也为对象产生出主体。

车尔尼雪夫斯基看到了美的对象是客观的,却没有看到:有审美力的主体也是由美的对象(客观)所产生,而又产生美的对象。在这里,主体和客体是互相联系、互相制约的。

车尔尼雪夫斯基在关于农村少女与贵族美人的例子上，说出了美的理想的社会的阶级的根源，在提到小说的时候，指出了小说是描写"某一时代某一民族的生活或该民族的某些阶级的生活"的，但是他对于美和艺术的这种历史唯物主义的见解却没有能够得到充分的发展。例如他解释作家在选择和处理主题上的偏好，仅仅诿之于心理的原因（"人之常情"或"智力活动微弱"），而没有能够作更深的分析。又如在悲剧问题上，他揭露了唯心主义的神秘的命运观念，指出了生活和艺术中的悲剧的事物并不是由于不可逃避的命运，而是由于条件，特别是由于社会的不公正所产生的，而把任何形式的命运的概念都一律当作半野蛮人怪诞的狂想，在这里显示了他的坚定的唯物主义的态度；但是和命运的必然性的概念一道，他把一切事物的必然性都抛弃了，却让偶然性统治着；他虽然提到了人类生活中斗争的不可避免和重要，但他却不在这个斗争中去寻求悲剧的根源，因而就没有能够深入探究到悲剧的真实的历史原因中去。

　　这里我们可以比较地看一看马克思、恩格斯在给拉萨尔的信中所发表的对于悲剧的见解。这封信是批评拉萨尔的历史剧《弗兰茨·冯·济金根》的。济金根是十五至十六世纪德国的一个暴动失败的骑士，他的失败的主要原因是没有得到群众的帮助。拉萨尔将这个人物理想化了，把他的失败描写成只是由于他的"外交错误"，即他个人的所谓"悲剧的罪过"。马克思和恩格斯指出了这并不是由于什么个人的"悲剧的罪过"，而只是济金根的客观的阶级地位的必然结果。马克思说，济金根的灭亡是因为"他作为一个骑士①、作为一个垂死阶级的代表起来反对现存制度，或者说得更确切些，反对现存制度的新形式"。他的悲剧就在于：他要反抗封建领主，而他自己的骑士阶级的地位又不让他去联合城市

---

　　① 　加着重号部分在原著中用斜体。以下不再一一作注。——编者注

和农民,特别是农民,而如果没有和农民联合,这个斗争是不可能成功的。这就构成了"历史的必然要求和这个要求的实际上不可能实现之间的悲剧性的冲突"(恩格斯语)。拉萨尔本人因为忽视农民,所以看不出济金根命运中真正悲剧的因素,这就是他的剧本思想内容上的重大的缺陷。很显然,马克思和恩格斯废弃了悲剧上的命运的主宰,却没有将悲剧引入偶然性的混乱,而是揭示了历史发展的必然性的规律,那是如同命运一样地不可抗拒,但却是能够认识和预知的。这是车尔尼雪夫斯基没有能够达到的理解。

车尔尼雪夫斯基在美学上的巨大功绩,在于他奠定了唯物主义美学的基础;他继承和发展了别林斯基关于艺术应当忠实地反映现实、并且应当在现实生活中起积极作用的原则。和别林斯基一样,车尔尼雪夫斯基也把艺术定义为"现实的再现"。他使艺术家面向现实,为艺术的主题打开了一片广阔的天地,使它的范围越出了旧美学所规定的美、崇高、滑稽等等的限制,而扩充到了全部的生活和自然。他说:"艺术的范围并不限于美和所谓美的因素,而是包括现实(自然和生活)中一切能使人——不是作为科学家,而只是作为一个人——发生兴趣的事物;生活中普遍引人兴趣的事物就是艺术的内容。"车尔尼雪夫斯基总是引导艺术家去注意现实生活的一切方面,注意广大人民所关心的问题。他说在观察生活中的全部现象的时候,诗人的观点是应当和思想家的观点一样多方面的。正是在这个意义上,他大大嘲笑了那些专写恋爱的文学家:

> ……老是描写恋爱的习惯,使得诗人忘记了生活还有更使一般人发生兴趣的其他的方面;一切的诗和它所描写的生活都带着一种感伤的、玫瑰色的调子;许多艺术作品不去严肃地描绘人生,却表现着一种过分年轻(避免用更恰当的形容词)的人生观,而诗人通常都是年轻的、非常年轻的人,他的故事只是在那些有着同样心情或年龄的人看来才有兴趣。于是,对于那些过了幸福的青春时代的人,艺术就失去它的价

值了;他们觉得艺术是一种使成人腻烦、对青年也并非全无害处的消遣品。我们丝毫没有意思要禁止诗人写恋爱;不过美学应当要求诗人只在需要写恋爱的时候才写它:当问题实际上完全与恋爱无关,而在生活的其他方面的时候,为什么把恋爱摆在首要地位? ……难道恋爱是社会的主要事业,是他所描写的那一时代的各种事件的主要动力吗?

车尔尼雪夫斯基十分强调艺术作品的思想性的重要。他说,只有值得有思想的人注意的主题才能使作品不致成为无聊的消遣品。所谓艺术,应当再现普遍引人兴趣的事物,那意思就是,艺术家不应当低徊于个人"趣味""日常琐事",而应当在自己作品中深刻地反映时代所提出的问题,并且给予回答。他的心要与时代的脉搏一同跳动,他应当和同时代人共呼吸。一个有思想的人,正如车尔尼雪夫斯基所指出的,决不会对同时代人不感兴趣的事情发生兴趣。那种和广大人民没有任何精神联系的艺术家,车尔尼雪夫斯基很正当地叫他们"智力活动微弱的人"。但是这样的"智力活动微弱的人"在我们的文艺界又何尝少呢!一个艺术家缺乏对于生活的敏感和热情,对生活不发生兴趣,他就不会去观察它、体验它,这样,他就不能够对生活说出什么真正有价值的意见。艺术家的思想是表现在对于他所描写的事物的判断上,而如果他并不熟悉他所描写的,他又如何能下判断呢?"高度的智慧难道不是从观察生活得来的吗?"这就是车尔尼雪夫斯基告诉我们的一条真理。车尔尼雪夫斯基说:

如果一个人的智力活动被那些由于观察生活而产生的问题所强烈地激发,而他又赋有艺术才能的话,他的作品就会有意识或无意识地表现出一种企图,想要对他感到兴趣的现象作出生动的判断(他感到兴趣的也就是他的同时代人感到兴趣的,因为一个有思想的人决不会去思考那种除了他自己以外谁都不感兴趣的无聊的问题),就会为有思想的人提出或解决生活中所产生的问题;他的作品可以说是描写生活所提出的主题的著作。

说明生活，对它下判断，这就是车尔尼雪夫斯基对于艺术再现生活这条定义的一个重要补充和发展。既然艺术只是再现现实，那么，再现决不会比原物好，那又何必要艺术呢？车尔尼雪夫斯基列举了好些理由来说明这种再现的作用。比方说，原物——假定是美丽的海吧——不是每个人都能看到；看到它当然最好，没有最好的次好的也行；我们就来看海的图画。就这样，艺术做了现实的代替物。再说，就是看过海的人也不是随时都能看到它，他要想象它，只有靠图画来唤起和加强回忆。艺术的力量往往是回忆的力量。在这种种理由中，他的最后也是最主要的一条理由，就是艺术能够说明生活。尽管生活有一切好处，就如车尔尼雪夫斯基所精辟地说的："生活比任何科学家和诗人的作品都更完全、更真实，甚至更艺术。"车尔尼雪夫斯基也不能不找出生活的一个弱点，就是不能说明自己。说明它，就是艺术和科学的事了。

车尔尼雪夫斯基很看重艺术说明生活的这个作用。他认为，只有这样，艺术家才能成为思想家，艺术作品才能取得科学的意义。

重视艺术的思想性是俄国文学中从普希金以来的一个最可宝贵的传统。普希金严厉地批评了那些"注意语言外表甚于注意作为他们的真正生命的思想"的作家。他曾慨叹地说："思想，这是一个伟大的字眼！假若不是靠思想，哪里还有什么人的庄严呢！"别林斯基说过："艺术没有思想就如同一个人没有灵魂，——不过是一具死尸罢了。"托尔斯泰和屠格涅夫，尽管他们不同意车尔尼雪夫斯基的民主主义的美学观点，但是他们，而且不只他们，都在自己的创作中实践了车尔尼雪夫斯基的思想，使他们的作品成为"生活教科书"。大家都知道，托尔斯泰自己就是热烈主张艺术必须宣传一定思想的。他认为，"一篇文学作品中对于读者最重要、最有价值而且最有说服力的，是作者本人对于生活的态度以及基于这个态度的作品所包含的全部内容。"

但是我们决不能因此就认为车尔尼雪夫斯基对于艺术创作只评价艺术家的思想的倾向。决不是的。车尔尼雪夫斯基对于艺术的形象的特点和典型化的意义具有极深刻的理解。当他提到形象的问题的时候，他说："艺术是自然和生活的再现"这个定义，就恰好说明了"艺术不是用抽象的概念而是用活生生的个别的事实去表现思想……因为在自然和生活中没有任何抽象地存在的东西；那里的一切都是具体的；再现应当尽可能保存被再现的事物的本质；因此艺术的创造应当尽可能减少抽象的东西，尽可能在生动的图画和个别的形象中具体地表现一切"。他因为形象这一点把艺术说明生活的作用评价得比科学还高。

车尔尼雪夫斯基关于典型人物的创造问题，说了一段非常有意义的话：

> 人们通常说："诗人观察了许多活生生的个人；他们中间没有一个可以作为完全的典型；但是他注意到他们中间每一个人身上都有某些一般的、典型的东西；把一切个别的东西抛弃，把分散在各式各样的人身上的特征结合成为一个艺术整体，这样一来，就创造出了一个可以称为现实性格的精华的人物。"假定这一切是完全正确的，而且总是如此的吧；但是事物的精华通常并不像事物的本身：茶素不是茶，酒精不是酒；那些"杜撰家"确实就是照上面所说的法则来写作的，他们给我们写出的不是活生生的人，而是以缺德的怪物和石头般的英雄姿态出现的、英勇与邪恶的精华。

在这里，车尔尼雪夫斯基明确指出了：刻画典型事物并不是简单地把许多相似的特征加在一起。艺术创作中的各种公式主义就常常是和这种对于创造典型的简单化的理解相联系的。

另一方面，车尔尼雪夫斯基又反对了自然主义地描写现实的方法。他强调指出了他所主张的"再现现实"是与所谓"模拟"自然迥然不同的。他认为，无意识地去模拟不值得注意的事物，或者描写毫无内容的空虚的外表，是空洞无谓的游戏，这是车尔尼雪夫斯基十分反对的。他是多么尖刻地嘲笑了人学鸟叫的事情，嘲笑了那些纤微毕肖的画像。他要求艺术家掘发现实的主要特征，写出有一般性典型性的东西来。他说："任何模拟，要求其真实，就必须传达原物的主要特征；……模拟也像人类的一切其他工作一样需要理解，需要辨别主要的和非主要的特征的能力，……假如死的机械不被活的思想所指导，人是不能模拟得真确的。"

艺术既然要强调事物的主要的特征，就不能包罗太多的细节，必然要省略许多，使我们的注意力集中在留下的特征上。车尔尼雪夫斯基提出了一个值得遵守的标准：当细节损坏整个艺术作品的完整的时候就必须割弃。细节之所以必要，是为了赋予作品以血肉，而不是为了肢解它。车尔尼雪夫斯基说：

> 细节的精致的修饰依然在艺术作品中流行，其目的并不是要使细节和整个的精神调和，而只是使每个细节本身更有趣或更美丽，这差不多总是有损于作品的总的印象，有损于它的真实和自然的；琐细地在个别字眼、个别词句和整个插曲上追求效果，给人物和事件涂上不是十分自然的但是强烈的颜色，这也很流行。

这种现象在我们的文艺界不也存在吗？摈弃一切矫揉造作，使作品首先达到"真实和自然"的标准，这也正是我们努力的目标。

车尔尼雪夫斯基抨击了艺术中的矫饰的倾向，那种空洞的修辞的铺张的倾向。他把朴素看成衡量艺术作品价值的重要标准之一。他举出了普希金、莱蒙托夫和果戈理的散文的一个共同特点——叙事简洁明快。说莎士比亚值得赞美，也因为他在他的最出色的场景中舍弃了一切缛说繁词。在这一点上，我们在我国古典小说和鲁迅的创作中也有着我们自己民族的可贵的传统。

坚持艺术必须和现实密切地结合，艺术必须为人民的利益服务，这就是车尔尼雪夫斯基美学的最高原则。车尔尼雪夫斯基的美学是人类文化的优秀遗产之一,让我们很好地来学习它吧。

周　扬
一九四二年

　　本书中文版原名《生活与美学》,是译者最初根据连载于一九三五年莫斯科出版的英文版《国际文学》第六号到第十号上柯根(S. D. Kogan)的英译文转译的,英译就叫作《生活与美学》。中译本曾于一九四二年由延安新华书店出版,一九四七年和一九四九年先后由香港海洋书屋、上海群益出版社重印。

　　一九五七年人民文学出版社第一次出版这本书时,由译者将译文作了一次修改,又由编辑部根据一九四九年苏联国家文学出版社出版的《车尔尼雪夫斯基全集》第二卷将正文加以校订,并将英译本所删略的部分补全。一九六二年,人民文学出版社第四次重印,并在重排时恢复了原来的书名《艺术与现实的审美关系》;正文中的小标题原是译者参照柯根的英译加上的,为便于读者参阅,也仍然保留。附录《马克思、列宁对车尔尼雪夫斯基的评语摘录》原是译者从英译转译的,这次则据《马克思恩格斯全集》、《列宁全集》和《列宁选集》的译文统一。本书的正文和译本序《关于车尔尼雪夫斯基和他的美学》也由译者在文字上作了某些修改。

周　扬
一九七八年

艺术与现实的审美关系

（学位论文）

这篇论文只限于述说根据事实推断出来的一般的结论,这些结论又仅仅依靠事实的一般的引证来加以证实。这是第一点需要说明的。现在是专论的时代,我的著作也许会被责难为不合时宜。摈弃专题研究可能会被认为是轻视这种研究,或者被认为作者①有这样的意见,以为一般的结论可以不用个别的事实来证实。但是这样的论断只是根据本书的外表形式,而并非根据它的内在性质。本书所发挥的思想的现实倾向已足够证明:这些思想是在现实的基础上发生的,并且作者一般地认为,幻想的奔放对于我们的时代意义很少,不仅在科学方面如此,在艺术领域内也是如此。作者所论述的各种概念的本质保证着:要是有可能的话,他极愿意在他的著作里引用他的意见所依据的许许多多事实。但是如果他决心依照自己的愿望,本书的篇幅就会大大超过原定的限度。不过,作者想,他所给予的一般的指点,足够使读者想及有利于这篇论文中所说到的意见的成千成百的事实,因此他希望解说的简略不会被看成证据的缺少。

作者为什么挑选艺术与现实的审美关系这样一个一般的、广泛的问题做他的研究题目呢? 他为什么不像现今大部分人所做的那样,选择某个专门的问题呢?

---

① 即车尔尼雪夫斯基。俄国学者在专著中常常以第三人称自称。——编者注

作者有无能力处理他所要解决的问题,自然不是他自己所能决定的。但是这个吸引了他的注意的题目,现在是一个完全值得所有那些对美学问题感到兴趣的人,就是说,所有那些对艺术、诗、文学感到兴趣的人注意的题目。

作者觉得,只有在关于科学的基本问题还不能说出什么新的根本的东西来的时候,在还没有可能看出科学中的新的思想倾向而且指出这些倾向发展的大致方向的时候,只有在那时候来谈科学的基本问题才是无益的。但是,一旦对我们的专门科学中基本问题的新观点①的材料已经探究出来,说出这些基本观念就是可能而且必要的了。

尊重现实生活,不信先验的假设,不论那些假设如何为想象所喜欢,这就是现在科学中的主导倾向的性质。作者觉得,假如美学还有谈论的价值的话,我们对美学的信念就应当符合于这一点。

作者之承认专题研究的必要并不下于任何人;不过他觉得从一般的观点来检讨科学的内容有时也是必需的;他觉得虽则搜集和探究事实是重要的,竭力设法了解它们的意义也一样重要。我们大家都承认艺术史、特别是诗歌史具有重大的意义,因此艺术是什么、诗是什么的问题,也不能不具有重大的意义。

一切精神活动领域都受从直接上升到间接这条规律的支配。由于这条(绝对)规律,那只有经过思维才能完全理解的观念,起初是以直接的形式或一种印象的形式出现于心中。所以在一般人心目中,为空间和时间所限制的个别事物完全吻合于它的概念,似乎某一特定的观念完全体现在这个事物上,而一般的观念又完全体现在这特定的观念上。对事物的这种看法是一种假象(ist ein Schein),因为一个观念决不会完全显现在个别事物上;但是在这个假象下面却包含着真实,因为在某种程度上说一般的观念确实

----

① 新观点,指人本主义的唯物主义,作者碍于审查条件未便直说。

体现在特定的观念上,而这特定的观念又在某种程度上体现在个别的事物上。这个以为观念完全显现在个别事物上的、本身包含着真实的假象,就是美(das Schöne)。

美

美的概念在流行的美学体系中就是这样发展起来的。由这个基本观点得出了如下的定义:美是在有限的显现形式中的观念;美是被视为观念之纯粹表现的个别的感性对象,因此在观念中没有一样东西不是感性地显现在这个别的对象上,而在个别的感性对象中,又没有一样东西不是观念的纯粹表现。从这方面说,个别的对象就叫形象(das Bild)。这样,美就是观念与形象之完全的吻合,完全的统一。

我不必去说,这种基本概念(黑格尔由此得出美的定义)现在已被公认是经不起批评的;我也不必去说,既然美只是由于未受哲学思想启发、缺乏洞察力而发生的"假象"(黑格尔语),有了哲学思想,观念在个别对象上的显现之貌似的完全就会消失,结果思想发展得愈高,美也消失得愈多,直至我们达到思想发展的最高点,那就只剩下真实,无美可言了;我也不想用事实去推翻这一点:实际上人的思想的发展毫不破坏他的美的感觉;这一切都是早已反复申说过的。作为形而上学体系的结果(黑格尔哲学的主要思想)和一部分,上述的美的概念随那体系一同崩溃。但是一个体系也许谬误,而其中所包含的一部分思想,独立地来看,也许还能自圆其说。所以还要指出:即使离开那现已崩溃的形而上学的体系单独来看,流行的(黑格尔定义的)美的概念也仍然经不起批评。

"一件事物如果能够完全表现出该事物的观念来,它就是美的,"——翻译成普通话,就是说,"凡是出类拔萃的东西,在同类中无与伦比的东西，就是美的。"一件东西必须出类拔萃，方才称得上美，这是千真万确的。比方，一座森林可能是美的，但它必须是"好的"森林，树木高大，矗立而茂密，一句话，一座出色的森林；布满残枝断梗，树木枯萎、低矮而又疏落的森林是不能算美的。玫瑰是美的；但也只有"好的"、鲜嫩艳丽、花瓣盛开时的玫瑰才是美的。总而言之，一切美的东西都是出类拔萃的东西。但并非所有出类拔萃的东西都是美的；一只田鼠也许是田鼠类中的出色的标本，但却绝不会显得"美"；对于大多数的两栖类、许多的鱼类，甚至许多的鸟类都可以这样说：这一类动物对于自然科学家越好，就是说，它的观念表现在它身上愈完全，从美学的观点看来就愈丑。沼泽在它的同类中愈好，从美学方面来看就愈丑。并不是每件出类拔萃的东西都是美的；因为并不是一切种类的东西都美。美是个别事物和它的观念之完全吻合，（黑格尔的）这个定义是太空泛了。它只说明在那类能够达到美的事物和现象中间，只有其中最好的事物和现象才似乎是美的；但是它并没有说明为什么事物和现象的类别本身分成两种，一种是美的，另一种在我们看来一点也不美。

同时这个定义也太狭隘。"任何东西，凡是完全体现了那一种类的观念的，就显得美，"这意思也就是说："美的事物一定要包含所有在同类事物中堪称为好的东西；在同类事物中所能找到的任何好的东西，没有不包含在美的事物中的。"在有些自然领域内，同一种类的东西中没有多种多样的典型，对于这些领域内的美的事物和现象，我们确是这样要求的。例如，橡树只能有一种美的性质：它必须干高叶茂；这些特性总是呈现在美的橡树上，在其他的橡树上再没有别的好东西。可是在动物里面，一当它们被养驯的时候，同一种类中间就表现出多种多样的典型来了。

在人身上，这种美的典型的多样性更加显著，我们简直不能设想人类美的一切色调都凝聚在一个人身上。

"所谓美就是观念在个别事物上的完全的显现,"这个说法决不能算是美的定义。不过其中也含有正确的方面——那就是:"美"是在个别的、活生生的事物,而不在抽象的思想;这也含有对于真正艺术作品的特性的另一正确的暗示:艺术作品的内容总是不仅对艺术家,而且对一般人来说也都是有兴趣的(这个暗示就是说:观念是"不论何时何地都起作用的一般性的事物");其所以如此的理由,我们留待后面再说。

常被认为和上面的说法一致,实际上却有完全不同意义的另一个说法是:"美是观念与形象的统一,观念与形象的完全融合。"这个说法确实说出了一个根本的特征——然而不是一般的美的观念的特征,而是所谓"精美的作品"即艺术作品的美的观念的特征:只有当艺术家在他的作品里传达出了他所要传达的一切时,他的艺术作品才是真正美的。这是当然的,只有在画家完全描绘出了他所要描绘的人时,他所作的画像才是好的。但是,"美好地描绘一副面孔"和"描绘一副美好的面孔",是两件全然不同的事。当我们给艺术的本质下定义时,我们还得说到艺术作品的这个特性。在这里我以为需要指出一点:认为美就是观念与形象的统一这个定义,它所注意的不是活生生的自然美,而是美的艺术作品,在这个定义里已经包含了通常视艺术美胜于活生生的现实中的美的那种美学倾向的萌芽或结果。

那么美实际上到底是什么呢,假如不能把它定义为"观念与形象的统一"或"观念在个别事物上的完全的显现"?

建立新的没有破坏旧的那么容易,防卫要比攻击困难;因此我认为正确的关于美的本质的意见,很可能不会使所有的人觉得满意;但是假如我所阐述的美的概念——那是从目前关于人类思想与活的现实之关系的主导的见解中引申出来的——还有欠缺、偏颇或不可靠之处的话,我希望那并不是概念本身的缺点,而只是我阐述的不得其法。

美的事物在人心中所唤起的感觉，是类似我们当着亲爱的人面前时洋溢于我们心中的那种愉悦。[①] 我们无私地爱美，我们欣赏它、喜欢它，如同喜欢我们亲爱的人一样。由此可知，美包含着一种可爱的、为我们的心所宝贵的东西。但是这个"东西"一定是一个无所不包、能够采取最多种多样的形式、最富有一般性的东西；因为只有最多种多样的对象，彼此毫不相似的事物，我们才会觉得是美的。

在人觉得可爱的一切东西中最有一般性的，他觉得世界上最可爱的，就是生活；首先是他所愿意过、他所喜欢的那种生活；其次是任何一种生活，因为活着到底比不活好；但凡活的东西在本性上就恐惧死亡，惧怕不活，而爱活。所以，这样一个定义：

　　"美是生活"；

　　"任何事物，凡是我们在那里面看得见依照我们的理解应当如此的生活，那就是美的；任何东西，凡是显示出生活或使我们想起生活的，那就是美的，"

——这个定义似乎可以圆满地说明在我们内心唤起美的情感的一切事例。

为要证实这一点，我们就来探究一下在现实的各个领域内美的主要表现吧。

在普通人民看来，"美好的生活""应当如此的生活"就是吃得饱，住得好，睡眠充足；但是在农民，"生活"这个概念同时总是包括劳动的概念在内：生活而不劳动是不可能的，而且也是叫人烦闷

[①] 我是说那在本质上就是美的东西，而不是因为美丽地被表现在艺术中所以才美的东西；我是说美的事物和现象，而不是它们在艺术作品中的美的表现：一件艺术作品，虽然以它的艺术的成就引起美的快感，却可以因为那被描写的事物的本质而唤起痛苦甚至憎恶。——车尔尼雪夫斯基注

的。辛勤劳动却不致令人精疲力竭那样一种富足生活的结果,使青年农民或农家少女都有非常鲜嫩红润的面色——这照普通人民的理解,就是美的第一个条件。丰衣足食而又辛勤劳动,因此农家少女体格强壮,长得很结实,——这也是乡下美人的必要条件。"弱不禁风"的上流社会美人在乡下人看来是断然"不漂亮的",甚至给他不愉快的印象,因为他一向认为"消瘦"不是疾病就是"苦命"的结果。但是劳动不会让人发胖:假如一个农家少女长得很胖,这就是一种疾病,体格"虚弱"的标志,人民认为过分肥胖是个缺点;乡下美人因为辛勤劳动,所以不能有纤细的手足,——在我们的民歌里是不歌咏这种美的属性的。总之,民歌中关于美人的描写,没有一个美的特征不是表现着旺盛的健康和均衡的体格,而这永远是生活富足而又经常地、认真地,但并不过度地劳动的结果。上流社会的美人就完全不同了:她的历代祖先都是不靠双手劳动而生活过来的;由于无所事事的生活,血液很少流到四肢去;手足的筋肉一代弱似一代,骨骼也愈来愈小;而其必然的结果是纤细的手足——社会的上层阶级觉得唯一值得过的生活,即没有体力劳动的生活的标志;假如上流社会的妇女大手大脚,这不是她长得不好就是她并非出自名门望族的标志。因为同样的理由,上流社会美人的耳朵必须是小的。偏头痛,如所周知,是一种有趣的病,——而且不是没有原因的:由于无所事事,血液停留在中枢器官里,流到脑里去;神经系统由于整个身体的衰弱,本来就很容易受刺激;这一切的不可避免的结果就是经常的头痛和各种神经的疾病;有什么办法!连疾病也成了一件有趣的、几乎是可羡慕的事情,既然它是我们所喜欢的那种生活方式的结果。不错,健康在人的心目中永远不会失去它的价值,因为如果不健康,就是大富大贵,穷奢极侈,也生活得不好受,——所以红润的脸色和饱满的精神对于上流社会的人也仍旧是有魅力的;但是病态、柔弱、委顿、慵倦,在他们心目中也有美的价值,只要那是奢侈的无所事事的生活的结果。苍白、慵倦、病态对于上流社会的人还有另外的意义:农民寻求休息和安静,而有教养的上流社会的人们,他们不知有物质的缺乏,也不知有肉体的疲劳,却反而因为无所事事和没有物质的忧虑而常常百无聊赖,寻求"强烈的感觉、激动、热情",这些东西能赋予他们那本来很单调的、没有色彩的上流社会生活以色彩、多样性和魅力。但是强烈的感觉和炽烈的热情很快就会使人憔悴:他怎能不为美人的慵倦和苍白所迷惑呢,既然慵倦和苍白是她"生活了很多"的标志?

> 可爱的是鲜艳的容颜,
> 青春时期的标志;
> 但是苍白的面色,忧郁的症状,
> 却更为可爱。①

如果说对苍白的、病态的美人的倾慕是虚矫的、颓废的趣味的标志,那么每个真正有教养的人就都感觉到真正的生活是思想和心灵的生活。这样的生活在面部表情,特别是眼睛上打下了烙印,所以在民歌里歌咏得很少的面部表情,在流行于有教养的人们中间的美的概念里却有重大的意义;往往一个人只因为有一双美丽的、富于表情的眼睛而在我们看来就是美的。

美的反面

我已尽篇幅所能允许地探讨了人类美的主要属性,而且在我看来,所有那些属性都只是因为我们在那里面看见了如我们所了解的那种生活的显现,这才给予我们美的印象。现在我们要看看事物的反面,研究一下一个人为什么是丑的。

---

① 引自茹科夫斯基翻译的故事诗《阿丽娜与阿尔辛》(1815),但与原诗稍有出入。

大家都会指出，一个人的丑陋，是由于那个人的外形难看——"长得难看"。我们知道得很清楚：畸形是疾病或意外之灾的结果，人在发育初期格外容易为灾病所毁损。假使说生活和它的显现是美，那么，很自然的，疾病和它的结果就是丑。但是一个长得难看的人也是畸形的，只是程度较轻，而"长得难看"的原因也和造成畸形的原因相同，不过是程度较轻而已。假如一个人生来就是驼背，这是在他刚刚发育时不幸的境遇的结果；佝偻也是一种驼背，只是程度较轻，而原因则是一样。总之，长得丑的人在某种程度上都是畸形的人；他的外形所表现的不是生活，不是良好的发育，而是发育不良，境遇不顺。现在我们从外形的一般轮廓转移到面部来吧。面容的不美或者是由于它本身，或者是由于它的表情。我们不喜欢"凶恶的""令人不快的"面部表情，因为凶恶是毒害我们的生活的毒药。但是面容的"丑"多半不是由于表情，而是由于轮廓的本身：面部的骨骼构造不好，脆骨和筋肉在发育中多少带有畸形的烙印，这就是说，这个人的初期发育是在不顺的境遇中进行的，在这样的情形下面部轮廓总是丑的。

　　根本无需详加证明：在人看来，动物界的美都表现着人类关于清新刚健的生活的概念。在哺乳动物身上——我们的眼睛几乎总是把它们的身体和人的外形相比的，——人觉得美的是圆圆的身段、丰满和壮健；动作的优雅显得美，因为只有"身体长得好看"的生物，也就是那能使我们想起长得好看的人而不是畸形的人的生物，它的动作才是优雅的。显得丑的是一切"笨拙的"东西，在某种程度上也就是依照处处寻找和人相似之处的我们的概念看来是畸形的东西。鳄鱼、壁虎、乌龟的形状使人想起哺乳动物——但却是那种奇形怪状的可笑的哺乳动物；因此壁虎和乌龟是令人讨厌的。蛙的形状就使人不愉快，何况这动物身上还覆盖着尸体上常有的那种冰冷的黏液；因此蛙就变得更加讨厌了。

　　同时，也无需详说：对于植物，我们欢喜色彩的新鲜、茂盛和形状的多样,因为那显示着力量横溢的蓬勃的生命。凋萎的植物是不好的;缺少生命液的植物也是不好的。

此外,动物的声音和动作使我们想起人类生活的声音和动作来;在某种程度上,植物的响声、树枝的摇荡、树叶的经常摆动,都使我们想起人类的生活来,——这些就是我们觉得动植物界美的另一个根源;生气蓬勃的风景也是美的。

美是生活,首先是使我们想起人以及人类生活的那种生活。这个思想,我以为无需从自然界的各个领域来详细探究,因为(黑格尔和费肖尔也都经常提到)构成自然界的美的是使我们想起人(或者用黑格尔的术语,预示人格)的东西,自然界的美的事物,只有作为人的一种暗示才有美的意义。(伟大而深刻的思想! 如果黑格尔发展这一思想并使之成为主要思想,他的美学原本应该多么好!)所以,既经指出人身上的美就是生活,那就无需再来证明在现实的一切其他领域内的美也是生活,那些领域内的美只是因为当作人和人的生活中的美的一种暗示,这才在人看来是美的。

但是必须补充说,人一般地都是用所有者的眼光去看自然,他觉得大地上的美的东西总是与人生的幸福和欢乐相连的。太阳和日光之所以美得可爱,也就因为它们是自然界一切生命的源泉,同时也因为日光直接有益于人的生命机能,增进他体内器官的活动,因而也有益于我们的精神状态。

最后,人们或许要问,在我们的定义"美是生活"和"美是观念与形象的完全统一"这个定义之间,有没有什么本质的差别呢?如果将"观念"理解为"被本身实际的存在的一切细节所规定的一般概念",这个问题的发生就更自然了,因为,如果这样,"观念"的概念与"生活"的概念(或者更确切地说,"生活力"的概念)之间就有了直接的关联。我们提出的定义,是不是只把在流行的定义中用思辨哲学的术语表达出来的话改写成普通的话呢?

我们将看到,对于美的这两种理解方法有着本质的不同。把美定义为观念在个别事物上的完全显现,我们就必然要得出这个结论:"在现实中美只是我们的想象所加于现实的一种幻象;"由此可以推论:"美实际上是我们的想象的创造物,在现实中(或者按照黑格尔所说,在自然中)没有真正的美;"由自然中没有真正的美这种说法,又可以推论:"艺术的根源在于人们填补客观现实中美的缺欠这个意图"以及"艺术所创造的美高于客观现实中的美",——这一切思想构成了不是偶然的,而是根据严格的逻辑发展得来的美的基本概念之实质(黑格尔美学也是)。

反之,从"美是生活"这个定义却可以推论:真正的最高的美正是人在现实世界中所遇到的美,而不是艺术所创造的美;根据这种对现实中的美的看法,艺术的起源就要得到完全不同的解释了;从而对艺术的重要性也要用完全不同的眼光去看待了。

所以,应该说,关于美的本质的新的概念——那是从和以前科学界流行的观点完全不同的、对现实世界和想象世界的关系的一般观点中得出的结论,——会达到一个也和近来流行的体系根本不同的美学体系,并且它本身和以前关于美的本质的概念根本不同。但是同时,新的概念似乎又是以前的概念的必然的进一步的发展。我们将会不断地看到流行的美学体系和我们提出的体系之间的本质的不同;为了指出它们中间的密切关系之所在,我们要说,新的观点说明了以前的体系所提出的最重要的美学事实。例如,从"美是生活"这个定义就可以明白:为什么美的领域不包含抽象的思想,而只有个别的事物,——我们只能在现实的、活生生的事物中看到生活,而抽象的、一般的思想并不包括在生活领域之内。

至于以前的美的概念和我们所提出的美的概念的根本不同,我们已经说过,处处都会显露出来。我们觉得,这不同的第一个证据,可以从关于崇高与滑稽对美的关系的概念中看出:在流行的美学体系中,崇高与滑稽同样被认为是美的变种,由于美的两个要素——观念与形象之间的不同的关系而产生。（按照黑格尔美学，）观念与形象的纯粹的统一就是所谓美；但是观念与形象之间并不总是均衡的：有时观念占优势，把它的全体性、无限性对我们显示出来，把我们带入绝对观念的领域、无限的领域，——这叫做崇高（das Erchabene）；有时形象占优势，歪曲了观念，这就叫做滑稽（das Komische）。

崇高与滑稽

批评了根本概念之后，我们必须也批评那些从根本概念中产生的见解，我们必须研究崇高与滑稽的本质和它们对美的关系。

流行的美学体系既给了我们两条关于美的定义，也给了我们两条关于崇高的定义。"崇高是观念压倒形式"和"崇高是'绝对'的显现"。实际上这两条定义是彼此完全不一致的，正如我们看到流行的体系所提出的那两条美的定义彼此根本不一致一样；其实，观念压倒形式得不出崇高的概念的本身，而只能得出"朦胧的、模糊的"概念和"丑"（das Hässliche）的概念（新近的美学家费肖尔在关于崇高和幽默的阐释中很好地发展了这一点）；同时，"崇高的东西就是能在我们内心唤起（或者按照黑格尔学派所说，自行显现）'无限'的观念的东西"这个公式，又是崇高本身的定义。因此，必须把这两条定义分别加以研究。

要指出"崇高是观念压倒形象"这条定义并不适用于崇高是很容易的，因为就是接受这条定义的费肖尔本人，也附带说明了由于观念压倒形象的结果（也可以用普通的话来表达这个意思：由于对象中自己显露出来的力量压倒了所有限制它的力量的结果；或者在有机的自然中显露出来的力量压倒了那表现自然的有机体的规律的结果），我们得出来的只是丑的或模糊的东西。丑和模糊这两个概念都与崇高的概念完全不同。固然，如果丑的东西很可怕，它是会变成崇高的；固然，朦胧模糊也能加强可怕的或巨大的东西所产生的崇高的印象；但是丑的东西如果并不可怕，却只会令人觉得讨厌或难看；朦胧模糊的东西如果并不巨大或可怕，也不能发生任何美的效果。并不是每一种崇高的东西都具有丑或朦胧模糊的特点；丑的或模糊的东西也不一定带有崇高的性质。这些概念和崇高的概念显然不同。严格地说，"观念压倒形式"是指精神世界中的这一类事件和物质世界中的这一些现象而言：对象由于本身力量的过剩而毁灭；无可争辩，这类现象常常具有极崇高的性质；但是也只有当那摧毁自己的容器的力量已经具有崇高的性质时，或被那力量摧毁的对象（不管它是如何被本身的力量所摧毁）在我们看来已经是崇高的时，才有可能。不然是谈不到崇高的。当尼亚加拉瀑布有一天冲毁了它所由形成的岩石，以其本身的压力毁灭自己的时候，当马其顿王亚历山大①由于自己精力过剩而死亡的时候，当罗马因为本身的重负而覆亡的时候，——这些都是崇高的现象。但这只是因为尼亚加拉瀑布、罗马帝国、马其顿王亚历山大个人，其本身已经属于崇高的范围。有其生，即有其死，有其作为，即有其覆灭。在这里，崇高的秘密不在于"观念压倒现象"，而在于现象本身的性质；只有那被毁灭的现象本身的伟大，才能使它的毁灭成为崇高。由于内在力量压倒它的暂时显现而发生的毁灭的本身，还不能算崇高的标准。"观念压倒形式"最显明地表现在这个现象上面：正在苗长的嫩芽会冲破那产生它的种子的外壳；但是这决不能算是一种崇高的现象。"观念压倒形式"，即对象本身由于在它内部发展的力量的过剩而灭亡，这是所谓的崇高的消极形式有别于它的积极形式的地方。对的，消极的

---

① 马其顿王亚历山大，即亚历山大大大帝（Alexander The Great，纪元前356—前323），马其顿王（纪元前336—前323），古代最著名的统帅和政治家，在准备新的征战时突然死亡。

崇高高于积极的崇高;因为我们不能不同意,"观念压倒形式"足以加强崇高的效果,正如同崇高的效果可以由许多其他的情形来加强一样,比如,把崇高的现象孤立起来(空旷的草原上的金字塔比在许多宏大的建筑物中的金字塔要雄伟得多;在高山丛中是连它的雄伟都会消失的);不过加强效果的环境并不是效果本身的根源,而且在积极的崇高中又常常不是观念压倒形式,力量压倒现象。这方面的例证在任何一本美学读本里都可以找到许多。

现在让我们来看崇高的另外一个定义吧:"崇高是'无限'的观念的显现"(黑格尔语),或者用普通的话来表现这个哲学公式:"凡能在我们内心唤起'无限'的观念的,便是崇高。"即使随意浏览一下最近美学中关于崇高的论述,我们就会相信,这一个崇高的定义是流行的(黑格尔关于)崇高的概念的精髓。不仅如此,认为崇高的现象在人内心唤起"无限"的感觉这个思想,也支配着不懂精密科学的人们的概念;很难找到一本书不表现这个思想的,只要有一个哪怕是不相干的借口,就要把它表现出来;几乎所有壮丽风景的描绘,所有叙述可怕事件的故事,都要涉及或应用它。因此,要是前面所说的关于"观念压倒形象"的概念我们只用了很少的话来加以批判,那么对于雄伟的事物唤起绝对的观念这个思想则必须予以更多的注意。

可惜,我们不便在这里对"绝对"或"无限"的观念做一番分析,指明"绝对"在形而上学概念的领域中的真正意义;只有当我们理解了这个意义之后,我们才会看出认为崇高即"无限"之毫无根据。但是,即使不作形而上学的讨论,我们也可以从事实中看出,"无限"的观念,不论怎样理解它,并不一定是,或者说得更正确些,几乎从来不是,与崇高的观念相联系的。假如我们严格而公正地考察一下当我们观察崇高的事物时所得的体验,我们就会相信:第一,我们觉得崇高的是事物本身,而不是这事物所唤起的任何思想;例如,卡兹别克山①的本身是雄伟的,大海的本身是雄伟的,恺撒②或伽图③个人的本身是雄伟的。当然,在观察一个崇高的对象时,各种思想会在我们的脑子里发生,加强我们所得到的印象;但这些思想发生与否都是偶然的事情,而那对象却不管怎样仍然是崇高的:加强我们的感觉的那些思想和回忆,是我们有了任何感觉时都会产生的;可是它们只是那些最初的感觉的结果,而不是原因。如果我默想穆其阿斯·塞伏拉④的功绩,这种思想就要发生:"是的,爱国主义的力量是无限的,"但是这个思想只是穆其阿斯·塞伏拉的行为本身(与这一思想无关)所给予我的印象的结果,并不是这印象的原因;同样,在我默察一副美丽面孔的画像时,也许会发生这个思想:"世界上再没有比人更美的东西了。"这个思想并不是我赞赏这画像美的原因,而只是这幅画像令我觉得美的结果,与画像唤起的思想完全无关。所以即使我们同意,对崇高事物的默想常常会引到"无限"的观念,但崇高——它产生这种思想,而不是由这思想所产生的,——对我们发生作用的原因,不是这个思想,却是其他的什么东西。可是,当我们研究我们对崇高的东西的概念时,我们发现,第二,我们觉得崇高的东西常常决不是无限的,而是完全和无限的观念相反。例如勃兰克峰⑤或卡兹别

---

① 卡兹别克山,在高加索。
② 恺撒(J. Cæsar,纪元前100—前44),罗马大将,政治家,历史家。
③ 伽图(M. P. Cato,纪元前95—前46),罗马政治家,恺撒之敌。
④ 穆其阿斯·塞伏拉(Mucius Scaevola,? 一纪元前480),罗马青年。当纪元前507年罗马(当时为一小城)被依特鲁立亚人围攻时,奋起迎敌,立功很多,后来改装进入依特鲁立亚人军营,行刺他们的国王,误中另外一个人,被捉住,将用火烧死;穆其阿斯毅然把他的手放在神坛上的火里,表示他并不怕死。依特鲁立亚人敬重他的义勇,释放了他,自此被人称为穆其阿斯·塞伏拉。"塞伏拉"意为"用左手的人",因为他的右手被火烧坏了。
⑤ 勃兰克峰,或译白山,在法国、瑞士和意大利边境。今译为勃朗峰,是阿尔卑斯山最高峰。——编者注

克山是崇高的、雄伟的东西,可是决不会有人想到这些山是无限的或大到不可测量的,因为这和他亲眼看到的相反。见不到海岸的时候海好像是无边际的;可是所有的美学家都肯定说(而且说得完全正确),看见岸比看不见岸的时候海看起来更雄伟得多。那么,这个事实说明了崇高的观念不但不是由无限的观念所唤起的,反而或许是(而且常常是)和无限的观念相矛盾,"无限"的条件或许反而不利于崇高所产生的印象。让我们进一步考察一下许多雄伟的现象在加强对崇高事物的感觉上所发生的效果。大风暴是最雄伟的自然现象的一种;但也需要有非常高度的想象力,才能看出大风暴与无限之间有什么关系。大风暴袭来的时候,我们赞赏它,只想到风暴本身。"但是当大风暴袭来的时候,人会感觉到自己在自然的威力面前的渺小,在他看来,自然的威力无限地超过了他自己的力量。"不错,大风暴的威力在我们看来是大大地超过了我们本身的力量;可是即使一个现象对于人显得是不可制胜的,也还不能由此推论说这现象是不可计量的、无限强大的。相反地,一个人看着大风暴,他会很清楚地记得:它在大地上终究是无力的,第一座小小的山丘就会毫无疑问地完全遏止住狂风的压力、闪电的袭击。不错,闪电触着人会把人烧死,但是这又怎么样呢?这个念头并不是我觉得风暴雄伟的原因。当我看着风车的翼旋转的时候,我也很清楚地知道,假如我撞着了它,我一定会像木片似的被打碎的,我"觉察到了在风车的威力面前,我的力量的渺小";然而,看着旋转的风车却未必能唤起崇高的感觉。"可是,这是因为我的心里不会发生恐惧;我知道风车的翼是不会碰到我的;我心里没有大风暴所引起的那种恐怖的感觉。"——这是对的;不过这已不再是以前的说法了,这回是说:"崇高是可怕的、恐怖的。"就让我们来探究一下这个确实可以在美学中找到的"自然力的崇高"的定义吧。可怕的事物常常是崇高的,这固然不错;但也不一定如此:响尾蛇比狮子还要可怕,但是它的可怕只是令人讨厌,并不崇高。可怕的感觉也许会加强崇高的感觉,但是可怕和崇高却是两个完全不同的概念。可是让我们把雄伟的现象顺序看下去吧。我们没有看到过自然界有任何东西足以称为无限的。为了反对由此得出的结论,人们可能说:"真正崇高的东西不在自然界,而在人的本身;"我们就同意这一点吧,虽则自然界也有许多真正崇高的东西。但是为什么"无限的"爱或"毁灭一切的"愤怒在我们看来是"崇高的"呢?难道因为这些情绪的力量是"不可制服的",而"'无限'的观念便是由这不可制服性所唤起的"吗?假若如此,那么睡眠的要求更是不可制服的,最狂热的恋爱者也很难支持四昼夜不睡眠;比"爱"的要求更加不可制服的是饮食的要求:这才是一个真正无限的要求,因为没有一个人能不承认它的力量,而一点也不理解爱情的人却多得很。许多更艰苦的事业都是因为这个要求,而并非因为"全能的"爱情才完成的。那么,为什么饮食的欲念不崇高,而爱情的观念却崇高呢?可见不可制服性也还不是崇高;无穷和无限性完全与雄伟的观念没有关联。

因此,我们很难同意"崇高是观念压倒形式"或者"崇高的本质在于能唤起'无限'的观念"。那么,到底什么是崇高呢?有一条很简单的崇高的定义,似乎能完全包括而且充分说明一切属于这个领域内的现象。

"一件事物较之与它相比的一切事物要巨大得多,那便是崇高。""一件东西在量上大大超过我们拿来和它相比的东西,那便是崇高的东西;一种现象较之我们拿来和它相比的其他现象都强有力得多,那便是崇高的现象。"

勃兰克峰和卡兹别克山都是雄伟的山,因为它们比我们所习见的平常的山和山丘巨大得多;一座"雄伟的"森林比我们的苹果树或槐树要高到二十倍,比果园或小丛林要大到千倍;伏尔加河比特维尔查河或者克里亚兹玛河要宽得多;海面比旅行者常常碰见的池塘和小湖要宽阔得多;海浪比湖里的浪要高得多,因此海上的风暴即使对任何人都没有危险，也是一种崇高的现象；大风暴时的狂风比平常的风要强烈到百倍，它的声响和怒吼比平时的大风的飕飕声也要威猛得多，大风暴时比平时昏暗得多，简直近于漆黑；闪电比任何亮光更加耀眼；——所有这些都使得大风暴成为一种崇高的现象。爱情比我们日常的微小的思虑和冲动要强烈得多；忿怒、妒忌、一般的任何热情都比日常的感觉要强烈得多，——因此热情是崇高的现象。恺撒、奥赛罗①、苔丝德梦娜②、奥菲丽雅③都是崇高的人，因为恺撒之为大将和政治家远远超越了他当时所有的大将和政治家；奥赛罗的爱与妒忌远比常人更为强烈；苔丝德梦娜和奥菲丽雅的爱和痛苦是如此真诚，远非每个女人所能做到。"更大得多，更强得多，"——这就是崇高的显著特点。

伟大——非崇高

应当补充说，与其用"崇高"（das Erchabene）这个名词，倒不如说"伟大"（das Grosse）更平易、更有特色和更好些。恺撒、美立亚斯④并不是崇高的而是伟大的性格。道德的崇高只不过是一般伟大性的特殊的一种而已。

假如谁看过最好的美学读本，他一定很容易相信，在我们简短地评述崇高或伟大的概念所包括的内容时，已经谈到了崇高的一切主要的种类。不过还得说明一下，我们对崇高的本质所抱的见解，同今天那些著名的美学读本中所发表的类似的意见有一种什么样的关系。

康德和他以后的最近的美学家（如黑格尔、费肖尔）的著作，

---

① 奥赛罗，莎士比亚同名剧中的主人公。
② 苔丝德梦娜，奥赛罗之妻。
③ 奥菲丽雅，《哈姆雷特》中的女主人公，即哈姆雷特的情人。
④ 美立亚斯（C. Marius，纪元前156—前86），罗马大将，政治家。

认为"崇高"是超越于周围事物的结果。他们说:"我们将空间的崇高事物和它周围的事物互相比较;为了这个目的,那崇高的事物就得分为许多小的部分,这样才能比较和计算它比它周围的事物要大多少倍,例如,一座山要比长在那山上的树大多少倍。这种计算太费时间,不等计算完,我们就弄糊涂了;算完了还得重来,因为没有能够计算出来,而重算又仍归于失败。因此,我们终于觉得这座山是不可测量得大,无限得大。"——"一件事物必须和周围的事物相比较,才能显出自己的崇高,"——这个思想很接近我们对崇高事物的基本标志所持的见解。可是这个思想通常只被应用于空间的崇高,而它原是该应用到一切种类的崇高上去的。人们总是说:"崇高是观念压倒形式,而这种压倒,在崇高的低级阶段上,是从量的方面和周围的事物比较出来的;"而照我们看来却应该这么说:"伟大(或崇高)之超越渺小或平凡是在于它的远为巨大的数量(在空间或时间上的崇高),或在于它的远为巨大的力量(自然力的崇高和人的崇高)。"在给崇高下定义的时候,数量的比较和优越应该从崇高之次要的特殊的标志提升到主要的和一般的标志。

这样,我们所采取的崇高的概念对于平常的崇高的定义的关系,正如我们关于美的本质的概念对于从前的看法的关系一样。——在这两种场合,我们都将从前被认为是特殊的次要的标志提升到一般的主要的原则,而别的模糊我们的注意力的概念,我们便将它们作为赘物抛弃掉了。

这种转换观点的结果,崇高和美一样,在我们看来是比以前更加离开人而独立,但也更加接近于人了。同时,我们对于崇高的本质的看法是承认它的实际现实性,但人们通常却认为,仿佛现实中的崇高事物之所以显得崇高,只是由于有我们的想象干预,因为想象这才把那崇高的事物或现象的体积或力量扩张为"无限"。实际上,倘若崇高真正是"无限"的话,那么,在我们的感觉和我们的思想所能达到的这个世界上,就没有什么崇高的东西可言了。

不过,如果依照我们所采用的美与崇高的定义,美与崇高都离开想象而独立,那么,从另一方面来说,这些定义就把它们对人的一般的关系以及对人所认为美和崇高的事物与现象的概念的关系提到了首要地位:任何东西,凡是我们在其中看见我们所理解和希望的、我们所欢喜的那种生活的,便是美。任何东西,凡是我们拿来和别的东西比较时显得高出许多的,便是伟大。相反,非常之矛盾的,从平常流行的(黑格尔的)定义却得出这样的结论:现实中的美与伟大是人对事物的看法所造成的,是人所创造的,但又和人的概念、和人对事物的看法无关。同时,也很显然,我们认为正确的美与崇高的定义,破坏了美与崇高这两个概念之间的直接联系,这两个概念由于"美是观念与形象的均衡"和"崇高是观念压倒形象"这两条定义而成了互相从属的东西。事实上,如果接受了"美是生活"和"崇高是比一切近似的或相同的东西都更大得多的东西"这两条定义,那么,我们就得承认:美与崇高是完全不同的两个概念,彼此互不从属,所同者只是都从属于那个一般的概念,那个和所谓的美学的概念相去很远的概念:"有兴趣的事物"。

因此,假如美学在内容上是关于美的科学,那么它是没有权利来谈崇高的,正如同没有权利谈善、真等等一样。可是,假使认为美学是关于艺术的科学,那么它自然必须论及崇高,因为崇高是艺术领域的一部分。

悲剧的概念

但是,我们说到崇高的时候,一直还没有提及悲剧,人们通常都承认悲剧是崇高的最高、最深刻的一种。

现在科学中流行的悲剧的概念,不但在美学中起着极重要的作用,而且在许多别的学科(譬如历史)中也是一样,甚至同平常关于生活的概念融而为一了。所以，详论悲剧的概念，以便替我的评论安下基础，我认为并不是多余的。我在论述中将严格遵循费肖尔的说法，因为他的美学现在在德国被认为是最好的了。

主体生来就是活动的人。在活动中，他把他的意志加之于外在世界以致和支配外在世界的必然规律发生冲突。但主体的活动必然带有个人局限性的印记，因而破坏了世界的客观联系的绝对的统一性。这种违犯是一种罪过(die Schuld)，并且主体要身受它的后果，原是由统一的链子联系着的外在世界被主体的活动整个地搅乱了；结果，主体的个别的行为引出一连串无穷无尽的、逆料不到的后果，到那时候，主体已经不再能辨认出自己的行为和自己的意志了；但是他又必得承认这一切后果和他自己的行为有必然的关联，并且感到自己必须对此负责。对自己不愿做而又终于做了的事情负责，这便给主体带来了苦难的结果，就是说，在外在世界中，那被破坏的事物程序会有一种反作用加之于破坏它们的行为。当感受威胁的主体预见到后果，预见到祸害，想尽方法来逃避，却反而为这些方法遭到祸害的时候这反作用和苦难的必然性就更增大了。苦难可能增大到这种地步，就是主体和他的事业一同毁灭。但是主体的事业只是表面上毁灭了，其实并没有完全毁灭：一系列的客观后果在主体毁灭后仍然存在，并且逐渐与总的统一体融成一片，净除了主体遗下的个人局限性。假使主体在毁灭的时候认识了他的苦难是公平的，他的事业并未毁灭，倒是因为他的毁灭而净化和胜利了，那么，这样和解是十全齐美的，主体虽死而仍能光辉地在他的净化了的和胜利了的事业中长存。这一切的运动便叫做命运或者"悲剧"。悲剧有各种不同的形式。第一种形式是这样：主体并不是确实有罪，只是可能有罪；那戕杀他的力量是一种盲目的自然力，它以外强中干的个别主体为例，来证明个人之所以不能不毁灭就因为他是个人的原故。在这里,主体的毁灭不是由于道德律,而是由于偶然的事故,只能以死亡是普遍的必然性这种调和思想来自宽自解。在单纯的罪过(die einfache Schuld)的悲剧中,可能的罪过变为实际的罪过。但是,这种罪过并不是由于必然的客观的矛盾,而只是由于与主体的活动有联系的某种错乱。这罪过在某些地方破坏了世界之道德的完整性。由于这个原故,别的主体也遭受苦难,而因为罪过只是一个人犯的,所以初看好像别的主体是无辜受难。但是在这种情形之下,这些主体对于另一个主体就成了纯粹的客体,这是和主体性的意义相抵触的。因此,他们不能不因为犯下某种错误而和他们的长处相联系显露出他们的弱点,并且因为这个弱点而趋于灭亡;那主要主体的苦难,作为他的行为的报应,是从那违犯道德秩序的罪过而来的。惩罚的工具可能是那些被损害的主体,或者是认识到自己罪过的罪犯本身。最后,悲剧的最高形式是道德冲突的悲剧。普遍的道德律分裂为许多个别的要求,这些要求常常可能互相矛盾,以致人要适从这一条,就必须违犯另一条。这种并非由于偶然性,却是出于内在必然性的斗争,可能还是一个人心里的内在的斗争。索福克勒斯①的安第戈涅②的内心斗争,便是如此。但是,因为艺术总是在个别的形象中体现一切,所以,通常在艺术中道德律的两种要求之间的斗争总是表现为两个人之间的斗争。互相矛盾的两种倾向当中必有一种更为合理,因此也更强,它在开始的时候征服一切反对它的事物,可是等它压制了反对倾向的合理权利时,自己又反而变成不合理的了。现在正义已在当初被征服的一方,本来较为合理的倾向就在自己非正

①　索福克勒斯(Sophocles,约纪元前497—前406),希腊悲剧作家。
②　安第戈涅,索福克勒斯所著《安第戈涅》一剧中之主人公。

义的重压和反对的倾向的打击之下灭亡;而那反对的倾向,它的权利受了损害,在开始反抗的时候获得了一切真理与正义的力量;可是一旦胜利之后,它也同样地陷于非正义,招致灭亡或痛苦。这整个的悲剧的过程,在莎士比亚的《恺撒》中很出色地展开着:罗马趋向于君主政府的形式;恺撒就是这种倾向的代表;这比那企图保持罗马旧有制度的反对的倾向是更合理的,因而也是更强有力的;恺撒战胜了庞培①。但是旧制度也同样有存在的权利。恺撒死了;但是,阴谋者自己却因意识到死在他们手下的恺撒比他们伟大,他所代表的力量重又在三头政治中抬头,而辗转不安。布鲁特斯②与加西阿斯③死了;但是,安东尼和奥克太维斯④却又在布鲁特斯的墓前说出他们的遗恨。这样互相矛盾的倾向终于和解了,每种倾向在它的片面性中是又合理又不合理的,两种倾向都衰落之后,片面性也就逐渐消失了;统一与新生就从斗争和死亡中产生出来。

命运的问题

由上述解说可以看出,在德国美学中,悲剧的概念是和命运的概念联结在一起的,因此,人的悲剧命运通常总是被表现为"人与命运的冲突",表现为"命运的干预"的结果。在最近欧洲的著作中,命运的概念常常被歪曲着,那些著作企图用我们的科学概念来

---

① 庞培(Pompey The Great,纪元前106—前48),罗马大将,三执政官之一,恺撒的政敌。
② 布鲁特斯(M. J. Brutus,纪元前85—前42),罗马共和党首领,暗杀恺撒者。
③ 加西阿斯(L. Cassius,纪元前一世纪),罗马政治家,同谋杀害恺撒者。
④ 安东尼(M. Antonius,纪元前83—前30),罗马政治家,与奥克太维斯(Octavius)、雷比达司(Lupidus)共同组织三头政治者。

解释命运,甚至把命运和科学的概念联系起来,因此必须恢复命运这个概念的本来面目,剥掉那勉强羼入的、实际上跟它矛盾的科学的概念,揭露命运的概念的全部空洞性(命运的概念最近被改变得适合于我们的习惯,因而将那空洞性掩盖起来了)。古代希腊人(即希腊哲学家出现以前的希腊人)有过一种生动而纯真的命运的概念,直到现在在许多东方民族中还存在着;它在希罗多德①的故事、希腊神话、印度史诗和《天方夜谭》等等中占有统治的地位。至于这基本的概念后来受到关于世界的科学概念的影响而有种种变形,这些我们认为无须一一列举,更不用详加批判,因为它们也像最近美学家对悲剧的概念一样,都是代表着这样一种企图:想要使那不能调和的东西——半野蛮人的幻想的观念和科学的概念——调和起来。它们和最近美学家对悲剧的概念一样毫无根据,所不同的只是互相矛盾的原则的这种勉强的结合在前述的调和的尝试中比在悲剧的概念中更为明显,悲剧的概念是用非常辩证的深刻思想构成的。因此,我们以为不必去论述这一切歪曲的命运的概念,并且以为只要指出下面一点就够了:原来的基础,即使现在流行的美学关于悲剧的见解给它披上了最时髦、最巧妙的辩证的外衣,也无论如何掩盖不住它的本相。

凡是有一种真诚的命运概念的民族,都这样来理解人生的历程:假如我不预防任何不幸,我倒可以安全,而且几乎总是安全的;但是假如我要预防,我就一定死亡,而且正是死在我以为可以保险的东西上。我要去旅行,预防路上可能发生的种种不幸;例如我知道不是到处都能找到药品,于是我带上几瓶最需要的药,放在马车旁边的袋子里。依照古代希腊人的观念,这就一定会发生什么事情呢?我的马车一定会在路上翻倒,瓶子会从袋子里抛出来;而我

---

① 希罗多德(Herodotus,约纪元前484—前425),希腊历史家,有"历史鼻祖"之称。

跌倒的时候,太阳穴正碰在一个药瓶上,把瓶子碰破了,一片玻璃嵌进我的太阳穴,我于是死了。如果我不作种种预防,什么倒霉的事情也不会发生;但是我想防备不幸,反而死在我以为保险的东西上。这种对人生的见解与我们的观念相合之处是如此之少,它只能当作一种什么怪诞的想法使我们感到兴趣,根据东方的或古代希腊的命运观念写成的悲剧,在我们看起来,好像是一种被改作所损坏的神话。可是上述德国美学中关于悲剧的一切概念,都是企图把命运的概念和现代科学的概念调和起来。通过对悲剧的本质的美学观点,把命运的概念引进到科学中来,这种做法是经过一番深思熟虑的,可以看出,为了要把非科学的人生观和科学的概念调和起来,聪明才智之士费了多少心机;但是这种深思熟虑的尝试适足证明这个企图永无成功之望:科学只能说明半野蛮人的怪诞观念的来源,却决不能使那些观念与真理相调和。命运的观念是这样发生和发展起来的:

教育对人的作用之一,就在扩大他的眼界,使他可能了解那些他不熟悉的现象的真正意义。对于未受教育的人,只有熟悉的现象可以理解,而在他生活机能的直接范围以外的现象,他都是不能理解的。科学给人以这种概念:自然界的生活——植物和动物的生活是完全与人类的生活不同的。野蛮人或半野蛮人,除了他直接知道的人类的生活以外,不能想象别样的生活;在他看起来,树完全像人一样会说话,有感觉,有快乐也有痛苦;动物也像人一样有意识地活动着,——它们也有自己的语言;它们所以不用人类的语言,只是因为它们狡黠,希望沉默比说话能给它们带来更多的好处。同样,他想象河流与岩石都是活的:岩石是一个石化了的勇士,它有感觉和思想;河流是一个女水神,水仙,水妖。西西里的地震,是由于被该岛所压倒的巨人极力想摆脱他身上的重压的结果。在整个自然中,野蛮人见到的都是人类似的生活,而一切自然现象,在他看来也都是人类似的生物有意识的行动的结果。正如他将风、冷、热(想想我们关于风、霜、太阳三者争论谁更强的故事)、病(如关于霍乱、十二姐妹热、坏血症的故事;后者流传于斯匹兹白根①移民中)人格化一样,他也将意外之事的力量人格化。将意外之事的作用归因于一个类似人的生物的任意行为,比用同样的方法去解释自然和生活中其他现象更容易些,因为正是意外之事的作用,比其他的力量所产生的现象能更快地令人想到反复无常、任意以及人性中所特有的其他类似的性格。我们现在来看一看,把意外之事看成某一个类似人的生物的行为这个观点,是如何发展成被野蛮和半野蛮民族归之于命运的那些特性的。人想要做的事情愈重要,一如想望地完成这事情所需要的条件也就愈多;但是条件却几乎决不能如人所打算的那样具备着;因此,重要的事情几乎决不会正如人所预期的那样完成的。这种扰乱我们的计划的意外之事,在半野蛮人看来,如我们所说的,是一个类似人的存在——命运——做出来的;现代野蛮人、很多东方民族以及古代希腊人所归之于命运的一切特性,都是自然而然地从意外或命运中看到的这个基本特点而来的。很明显的,正是最重要的事情偏偏会遭到命运的玩弄(因为,如我们所指出的,事情愈重要,所依赖的条件也愈多,因之发生意外的可能也愈大)。我们再往下说吧。意外之事破坏我们的计划,——那就是命运喜欢破坏我们的计划,喜欢嘲笑人和他的计划;意外的事是无法预见的,为什么事情要这样发生而不那样发生,也是无法说明的,因此,命运是变幻莫测的、任性的;意外之事对于人常常是有危害的,因此,命运喜欢伤害人,命运是凶恶的;实际上,在希腊人看来,命运就是一个憎恨人类的女人。凶恶有力的人欢喜伤害最善良、最聪明、最幸福的人,——命运最爱杀害的也正是这种人,奸恶、任性而强有力的人爱显示自

---

① 斯匹兹白根,北冰洋中的群岛。

己的威力,预先对他要毁灭的人这样说:"我要对你这么办,来同我斗一斗吧!"——同样,命运也预先声明她的决定,以便幸灾乐祸地证明我们在她面前是多么无力,并且嘲笑我们想同她斗争、逃避她的努力是多么微弱而无用。这样的见解在我们现在看来是奇怪的。但是让我们看一看,这些见解如何反映在关于悲剧的美学理论里。

这理论说:"人的自由行动扰乱了自然的正常进程;自然和自然规律于是起而反对那侵犯它们的权利的人;结果,苦难与死加于那行动的人,而且行动愈强,它所引起的反作用也愈剧烈,因为凡是伟大的人物都注定要遭到悲剧的命运。"这里的自然似乎是一个活的东西,非常容易发脾气,对自己的不可侵犯性非常敏感。难道自然真的会受辱吗?难道自然真的会报复吗?当然不会;自然永远照它自己的规律继续运行着,不知有人和人的事情、人的幸福和死亡;自然规律可能而且确实常常对人和他的事业起危害作用;但是人类的一切行动却正要以自然规律为依据。自然对人是冷淡的;它不是人的朋友,也不是人的仇敌:它对于人是一个有时有利、有时又不利的活动场所。这是无可置疑的:人的任何一件重要的事情都需要他去和自然或别人作严重的斗争,但是为什么会这样呢?这只是因为不管那事情本身如何重要,要是不经过严重的斗争而能完成,我们总不认为它是重要的。比方,呼吸对于人的生活是最重要的事情;可是我们全不注意它,因为它平常不会碰到任何障碍;对于不花代价就可以吃到面包树果实的野蛮人和对于只有经过辛勤耕种才能获得面包的欧洲人,食物是同样重要的;然而采集面包树的果实并不是一件"重要的"事情,因为那很容易;耕种却是"重要的",因为那很艰难。这样看来,并非所有本来重要的事情都需要斗争;可是我们却惯于只叫那些本来重要而做起来又很艰难的事情为重要。有许多珍贵的东西,它们之所以没有价值,只是因为我们不必花什么代价就可以得到，例如水和日光；也有许多很重要的事情，我们之所以不认为重要，只是因为它们很容易做到。但是，就假定我们同意习惯的说法，认为只有那些需要艰苦斗争的事情才重要吧。难道这个斗争总是悲剧的吗？决不如此；有时是悲剧的，有时不是，要看情形而定。航海者同海斗争，同惊涛骇浪和暗礁斗争；他的生活是艰苦的；可是难道这生活必然是悲剧的吗？有一只船遇着风暴给暗礁撞坏了，可是却有几百只船平安地抵达港口。就假定斗争总是必要的吧，但斗争并不一定都是不幸的。结局圆满的斗争，不论它经过了怎样的艰难，并不是痛苦，而是愉快，不是悲剧的，而只是戏剧性的。而且如果采取了一切必要的预防措施，事情的结局几乎总是圆满的，这难道不是真的吗？那么，自然中悲剧的必然性究竟在哪里呢？同自然斗争时发生的悲剧只是一个意外之灾。仅仅这一点就足以粉碎那把悲剧看成“普遍规律”的理论了。“可是社会呢？可是其他的人们呢？难道不是每一个伟大人物都得要和他们作艰苦的斗争吗？”我们又必须指出：历史上的巨大事件并不一定都和艰苦的斗争联结在一起，只是我们由于滥用名词惯于只把那些与艰苦斗争联结在一起的事件叫做伟大的事件罢了。法兰克人接受基督教是一桩大事，可是那有什么艰苦的斗争呢？俄罗斯人接受基督教时也没有艰苦的斗争。伟大人物的命运是悲剧的吗？有时候是，有时候不是，正和渺小人物的命运一样；这里并没有任何的必然性。我们还必须补充说，伟大人物的命运往往比平常人的命运更顺利；但是，这也不是由于命运对杰出人物有特殊的好感，或者对平常人有什么恶意，而仅只因为前者具有更大的力量、才智和能力，使得别人更尊敬他们，同情他们，更乐于协助他们。如果说人总是惯于妒嫉别人的伟大，那么他们就更惯于尊敬伟大；社会崇拜伟大人物，除非有什么特殊的、偶然的原因使社会认为这人于社会有害。伟大人物的命运是悲剧的或不是悲剧的，要看环境而定；在历史上，遭到悲剧命运的伟大人物比较少见，一生充满戏剧性而并没有悲剧的倒是更多。克里舍斯①、庞培、恺撒遭到了悲剧的命运；但是，奴马·庞比利②、美立亚斯、苏拉③、奥古斯达斯④都过了很幸福的一生。在查理曼大帝⑤、彼得大帝、腓特烈二世⑥的命运中，在路德⑦、伏尔泰的一生中，找得出什么悲剧来呢？这些人的生平有过许多斗争，但是一般说来，必须承认，成功与幸福是在他们一边。如果说塞万提斯死于穷困之中，那么难道不是有千万个平常人死于穷困之中，他们原也和塞万提斯一样，可以希望自己一生获得一个幸福的结局，而因为自己的卑微，就完全不受悲剧规律的支配吗？生活中的意外之事，一视同仁地打击着杰出人物和平常人，也一视同仁地帮助他们。但是，让我们的评论从悲剧的一般概念转到"单纯的罪过"的悲剧上去吧。

弱点与道德上的罪过

流行的美学理论告诉我们："伟大人物的性格里总有弱点；在杰出人物的行动当中，总有某些错误或罪过。这弱点、错误或罪过就毁灭了他。但是这些必然存在于他性格的深处，使得这伟大人物正好死在造成他的伟大的同一根源上。"毫无疑义，实际上常有这种情形：不断的战争把拿破仑高升起来，又把他颠覆下去；路易十四⑧差不多也是同样的情形。但也不一定如此。伟大人物的死

---

① 克里舍斯（Cræsus），纪元前六世纪吕底亚之王，以富著称。

② 奴马·庞比利（Numa Pompilius，纪元前715—前678），古代罗马第二代皇帝。

③ 苏拉（L. C. Sulla，纪元前138—前78），罗马大将，政治家。

④ 奥古斯达斯（Augustus，纪元前63—纪元后14），罗马帝国第一代皇帝。

⑤ 查理曼（Charlemagne，742—814），法兰克王。

⑥ 腓特烈二世（Frederick，1712—1786），普鲁士王。

⑦ 路德（M. Luther，1483—1546），德国宗教改革之首倡者。

⑧ 路易十四（Louis XIV，1638—1715），法国全盛时代之国王。

亡,常常不是由于他自己的罪过。亨利四世①就是这样死的,和他一起倒下的还有塞利②。我们在悲剧中也还多少可以看到这种无辜的死,不管这些悲剧的作者是如何被他们的悲剧的概念所束缚:难道苔丝德梦娜真的是她自己毁灭的原因吗?任何人都可以看出来,完全是埃古③的卑鄙的奸恶行为杀死了她。难道罗密欧和朱丽叶自己是他们毁灭的原因吗?当然,如果我们一定要认为每个人死亡都是由于犯了什么罪过,那么,我们可以责备他们:苔丝德梦娜的罪过是太天真,以致预料不到有人中伤她;罗密欧和朱丽叶也有罪过,因为他们彼此相爱。然而认为每个死者都有罪过这个思想,是一个残酷而不近情理的思想。它和希腊的命运观念及其种种变种之间的联系是很明显的。在这里我们可以指出这种联系的一个方面:照希腊的命运的概念,人的毁灭总是人自己的罪过;倘若他不曾那样行动,他就不会死亡。

悲剧的另外一种——道德冲突的悲剧——是美学从这同一观念中引申出来的,只不过把它倒置了而已。在单纯罪过的悲剧中,悲剧的命运是根据于这样一个假想的道理:一切的不幸,尤其那最大的不幸——死,都是犯罪的结果;在道德冲突的悲剧中,则是以这样的思想为依据:犯罪之后总是紧接着对犯罪者的惩罚,或者用死,或者用良心的苦痛。这个思想显然是起源于处罚犯罪者的复仇之神的传说。自然,这里所谓犯罪,并不是特指刑事罪而言,那总是由国家的法律来惩罚的,却只是指一般的道德上的罪过,那只能用各种巧合或舆论或犯罪者的良心来惩罚。

说到从巧合中予人惩罚,这久已成为笑柄,如在旧小说中所表现的:"德行结果总是胜利,邪恶总是受到惩处。"固然,我们可能

---

① 亨利四世(Henry IV,1553—1610),法国国王。

② 塞利(Sully,1560—1641),法王亨利四世的财政大臣,亨利四世被刺死后被迫辞职。

③ 埃古,《奥赛罗》中之一人物,即进谗言于奥赛罗、害死苔丝德梦娜者。

没有忘记,就是在我们今天人们还在写这一类的小说(我们可以举出狄更斯的大部分小说为例)。然而我们无论如何已经开始懂得:世界并不是裁判所,而是生活的地方。可是许多小说家和美学家还是一定希望世上的邪恶和罪过都受到惩罚。于是就出现了一种理论,断言邪恶和罪过总是受到舆论和良心的惩罚的。但是事实上并不总是如此。说到舆论,它决没有惩罚所有的道德上的罪过。假使舆论不能随时激发我们的良心,那么,良心多半是仍然很安的,或者即使感到不安,也很快就会安下来。凡是受过教育的人都知道,用希罗多德时代的希腊人的眼光来看世界是多么好笑;现在谁都知道得很清楚:伟大人物的苦难和毁灭是没有什么必然性的,不是每个人死亡都是因为自己的罪过,也不是每个犯了罪过的人都死亡,并非每个罪过都受到舆论的惩罚,等等。因此,我们不能不说,悲剧并不一定在我们心中唤起必然性的观念,必然性的观念决不是悲剧使人感动的基础,也不是悲剧的本质。那么,什么是悲剧的本质呢?

悲剧是人的苦难或死亡,这苦难或死亡即使不显出任何"无限强大与不可战胜的力量",也已经完全足够使我们充满恐怖和同情。无论人的苦难和死亡的原因是偶然还是必然,苦难和死亡反正总是可怕的。有人对我们说:"纯粹偶然的死亡在悲剧中是荒诞不经的事情。"也许在作者所创造的悲剧中是如此,在现实生活中可不然。在诗里面,作者认为"从情节本身中引出结局"是当然的责任;在生活里面,结局常常是完全偶然的,而一个也许是完全偶然的悲剧的命运,仍不失其为悲剧。我们同意,麦克白①和麦克白夫人的命运,那从他们的处境和行为中必然要产生的命运是悲剧的。但是当古斯塔夫·阿道尔夫②正走上胜利之途却完全偶

---

① 麦克白,莎士比亚同名剧中之主人公。
② 古斯塔夫·阿道尔夫(Gustavus Adolphus,1594—1632),瑞典国王,曾在三十年战争中大显威名。

然地在卢曾之役中战死的时候,他的命运难道不是悲剧性的吗?

"悲剧是人生中可怕的事物"

这个定义似乎把生活和艺术中一切悲剧都包括无遗了。固然,大多数艺术作品使我们有权利再加上一句:"人所遭遇到的可怕的事物,或多或少是不可避免的;"但是,第一,艺术中所描写的可怕的事物,几乎总是不可避免的,这一点正确到什么程度,是很可怀疑的,因为,在现实中,在大多数情形之下,可怕的事物完全不是不可避免的,而纯粹是偶然的;第二,似乎常常只是到每一部伟大艺术作品中去寻找"各种情况的必然的巧合"、"从故事自身的本质而来的故事的必然发展"这样一个习惯,使我们不管好歹要去找出"事件过程的必然性"来,即使那里根本没有什么必然性,——例如莎士比亚的大多数悲剧。

我们不能不同意这个关于滑稽的流行的定义:"滑稽是形象压倒观念,"换句话说,即是:内在的空虚和无意义以假装有内容和现实意义的外表来掩盖自己;但是,同时也应该说,为了保持把滑稽和崇高两个概念同时展开(黑格尔的)辩证方法,而将滑稽的概念只与崇高的概念相对照,滑稽的概念就被(德国最优秀的哲学家费肖尔)过分地限制了。滑稽的渺小和滑稽的愚蠢或糊涂当然是崇高的反面,但是滑稽的畸形和滑稽的丑陋却是美的反面,而不是崇高的反面。依照费肖尔自己的解说,崇高可以是丑的;那么,滑稽的丑陋怎么是崇高的反面呢,既然它们的差别不是本质上的,而是程度上的,不是质的,而是量的,既然丑陋而渺小属于滑稽的范畴,丑陋而巨大或可怕属于崇高的范畴?——十分明显,丑是美的反面。

艺术中的美与现实中的美的比较

已经分析了关于美与崇高的本质的概念,现在我们应该来分析一下对各种各样实现美的观念的方法的流行见解。

在这里,我们曾以这么多篇幅来分析过的那些基本概念的重要性,似乎已经非常清楚了:离开了对于那构成艺术的主要内容的东西之本质的流行见解,就必然要达到另一种关于艺术之本质的概念。目前流行的美学体系,十分正确地区别了美的存在的三种形式,并且把崇高与滑稽当作美的变形,包括在美的概念以内。(我们将只论到美,因为把同样的话重复三遍是会令人厌烦的:凡是目前流行的美学说到美的地方,都可以完全应用于美的变形;同样,我们对那关于美的各种形式的流行概念的批评,以及我们自己关于艺术中的美与现实中的美的关系的概念,也完全可以应用于归在艺术内容里面的一切其他的因素,包括崇高与滑稽在内。)

美的存在的三种不同形式如下:(黑格尔学派所说的)现实(或自然)中的美、想象中的美以及艺术(由人的创造的想象力所产生的客观存在)中的美。这里,第一个基本问题,就是现实中的美对艺术中的美和想象中的美的关系问题。这个问题(黑格尔美学)现在是这样解决的:客观现实中的美有缺点,这破坏了美,因此我们的想象就不得不来修改在客观现实中见到的美,为的是要除去那些与它的现实的存在分不开的缺点,使它真正地美。费肖尔比所有其他美学家都更充分、更锐利地分析过客观美的缺点。所以我们应该对他的分析进行批判。为了免得人们责备我有意冲淡德国美学家所指出的客观美的缺点,我只好在这里逐句引用费肖尔对现实中的美的几段批评(Aesthetik, II Theil, Seite 299 und folg)。

美的存在的整个客观形式的内在的脆弱表现在:对于历史运动的目的来说,美是极不稳固的,甚至在美最有保障的地方(即在人的身上,历史事件往往会毁灭许多美的东西,例如,费肖尔说过,宗教改革破坏了十三世纪到十五世纪德国的欢乐、自由而又丰富多彩的生活)。但是,一般说来,第二百三十四节中假想的良好情形在现实中显然是很少见的（第二百三十四节中写道：在实现美的东西时，必须使有害的偶然性〔der störende Zufall〕不来干涉，美才能存在。偶然性的本质就在于：它可能发生，也可能不发生，或者采取其他的方式；所以，在对象身上也可能不发生有害的偶然性。因此，除了丑的个体以外，似乎还应该有真正美的个体。）此外，美具有活动性〔Lebendigkeit〕——那是现实中的美不可缺少的优点，所以美总是转瞬即逝的，原因是：现实中的美不是由于对美的渴望而产生的；它的产生和存在，是由于自然对生命的一般渴望，而在实现这种渴望的时候，它只是出于各种偶然情况的结果，而不是什么有意的东西〔alles Naturschöne nicht gewollt ist〕。

　　……美的显现在历史上是很少的；十全十美的东西在整个自然中也是很少的。生活在美的国度里的拉斐尔①，曾经在一封著名的信中抱怨美女太少②；在罗马也不是常常都能找到像罗莫尔③时代阿尔班诺的维多利亚这样的模特儿。歌德说过："不断升华的自然界的最后创造物就是美丽的人。的确，自然界很少创造这种人，因为有很多情况阻碍着它的意图。"一切生物都有很多敌人。反对这些敌人的斗争可能是崇高的，也可能是滑稽的；但是，丑的东西很少转变为滑稽的或崇高的东西。我们处在生活及其多种多样的关系中。因此，自然中的美是栩栩如生的；但是，正由于它处在无数的多种多样的关系中，所以它会遭到来自各方面的碰撞和破坏；因为自然所关心的是所有的对象，而不是个别对象，所以它需要的是生存，而不是美的本身。既然如此，自然界就不需要把它偶然产生的一点点的美保持下来：生命要么不关心形态的毁

---

① 拉斐尔（Raphael，1483—1520），意大利画家。
② 原文是意大利文。
③ 罗莫尔（K. F. Rumohr，1785—1843），德国作家和艺术批评家。

损而一往直前,要么只是保存着丑怪的形态。"自然界为生活和生存、为保存和增多自己的产物而斗争,并不关心它们的美或丑。生来就是美的形态,可能在某一部分上偶然受到损伤;而其他部分也会立刻遭殃,因为在这种情况下,自然界需要有力量来恢复受到损伤的部分,它必须从其他部分获得这种力量,而这对于它们的发展一定是有害的。于是事物就变成不是本来应该有的那种样子,而是可能有的样子了。"(歌德对狄德罗著作的注解。)看得见也好,看不见也好,损肢折体的现象总是层出不穷和不断加剧,直到整个事物毁灭为止。转瞬即逝,朝不保夕,——这就是自然中一切美的东西的悲惨命运。风景的绮丽光辉,有机体的生命的青春时代,都不过是一个瞬间。"严格说来,可以说,美人只是在一刹那间才是美丽的。""人体可以称得上美,是为时不久的。"(歌德语)……固然,从凋萎了的青春时代的美会发展出高级的美,即性格的美,这种美可以从面貌和行动中看出来。但这种美也是转瞬即逝的,因为同性格密切相关的是道义目的,而不是达到目的时的姿态和动作的美……当人完全意识到自己的道义目的的时候,他是极其美丽的;但当他干着一件与他的生活目的仅有间接联系的事情的时候,性格的真正内容就不会表现在面部表情中;人有时也忙于日常琐事,或者为生活而奔波,这时,一切高尚表情就会隐藏在冷淡态度或烦闷和厌恶之中。在人性的一切范围中都是如此,不管它们是否属于精神领域……一班战士排好队伍,开往战场,好像为战神的精神所鼓舞;一分钟后,他们分散开来,他们的动作就不美了;优秀的战士负伤倒下或者阵亡:这些战士不是 *活画*①,他们所想的是战斗,而

---

① 活画即由不说话也不动作,只是根据剧情打扮起来和做出种种姿态的演员所构成的舞台场面。楷体文字在原著中为法文,以下不再——标注,其他语种另注。——编者注

不是使他们的战斗具有美的形式。无意图性（das Nichtge-wolltsein）乃是自然中一切美的本质；它是美的本质，因此当我们在现实美的范围中发现任何刻意求美的行为时，我们就会感到非常不愉快。当一个美女意识到自己的美，醉心于这种美，并且在镜子前面故作媚态的时候，她是很无聊的，也就是说，是没有意思的。把实际存在的美加以矫揉造作，结果就会得到与真正的妩媚完全相反的东西……美的偶然性、无意图性、它对自己的无知——这是死亡的种子，同时也是现实中的美的绝妙之处；因此，当美的东西知其为美并开始欣赏它的美的时候，它就会消逝。天真烂漫的人一接触到文明，就不再是天真烂漫的人了；民歌一旦为人们所注意和收集，就不再是民歌了；当半开化的人看到一个来研究他们生活的画家的漂亮的燕尾服的时候，他们就不再喜欢自己的美丽如画的服装了；如果为美丽如画的服装所诱惑的文明人想保存这种服装，那么它就会变成化装跳舞服装，人民就会抛弃它。

但是，有利的偶然性不仅仅是很少的和转瞬即逝的，而且一般说来，它只是相对的：当我们揭去地点距离和时间距离蒙在自然美上的漂亮面纱，而仔细地审视（wahmeh mung）对象的时候，我们就会看到，在自然界中，有害的、破坏的偶然性始终没有完全被克服；破坏的偶然性给一群看来很美的对象带来许多使它们不能十全十美的东西；不仅如此，有害的偶然性还侵入那起初我们觉得很美的个别对象中。可见，一切对象都受这种偶然性支配。如果我们起初没有发现什么缺陷，那是由于有另一种有利的偶然性，即由于我们有快乐的心情的原故，因为这使主体能够从纯粹的形式着眼来看对象。我们的这种心情是直接由相对的没有被破坏的对象所激起的。

只要仔细地看一看现实中的美，就可以确信，它并不是真正的美。于是我们就会明白，直到现在，我们还不知道这个很明显的真理。这个真理就是:破坏的偶然性必然普遍地支配一切。无须我们证明,这种偶然性是否绝对地支配着一切,需要证明的倒是另一种相反的思想,即这样一种意见:认为在万物的各种各样的和密切的结合下,总有个别对象可以完整无恙,不为各种障碍和破坏的冲突所影响。我们只须研究一下,下面这个幻想是从哪里产生的:这个幻想对我们的感觉说,似乎某些对象在破坏的偶然性支配一切的一般规律中是例外的;这一点我们以后要加以说明,而现在我们只是指出:我们所看到的例外情形实际上是一种幻想、假象(ein Schein)。有些美的对象是由许多对象结合而成的;在这种情况下,我们仔细地看一看总可以看出:第一,我们之所以看到这些对象具有一种联系和相互关系,只是因为,我们是偶然地站在某一地点,偶然地从某一观点看到它们。风景尤其是如此:风景中的平原、高山和树木彼此是一点都不了解的,它们不可能想到要结合成一个风景如画的整体;我们之所以看到它们轮廓严整、色彩匀调,只是因为我们站在那个地方,而不是站在另一个地方。但是我们从这个便于观察的地方还可以看到:这里有一丛灌木林,那里有一座小山冈,它破坏着和谐的气氛;这里不够突出,那里不够阴暗;我们应该承认,内在的眼睛已把风景加以改造、补充和修改了。正在活动的、行动的人群也是如此。有时,一个场面实际上很有意义,很有表现力,但其中有一些有本质联系的人群却为空间所隔开了;内在的眼睛又把空间消除掉,使有联系的东西互相接近,把不必要的多余的东西抛弃掉。另一些对象,个别看来是很美的,因为我们没有去看环境的美,没有注意环境,而把对象和环境截然分开了(这多半是出于不自觉和无意识的)。当美女一走入社交界,我们的眼睛只看着她,而忘记了其余的人。但是,在这两种情况下,也就是说,无论我们在个别对象中看到美还是在一群对象中看到美,结果都是一样的,如果我们更仔细地来察看美的话。我们在美的对象的外表上所发现的东西同在一群美的对象中所发现的东西是一样的:在美的部分当中有不美的部分,而且每一个对象中都有不美的部分,不管幸运的机会对它如何有利。好在我们的眼睛不是显微镜,普通的视觉已把对象美化了,否则,极洁净的水中的泥垢和浸液虫,极娇嫩的皮肤上的污秽,就会破坏我们的一切美感。我们只有隔着一定的距离才能看到美。距离本身能够美化一切。距离不仅掩盖了外表上的不洁之处,而且还抹掉了那些使物体原形毕露的细小东西,消除了那种过于琐细和微不足道的明晰性和精确性。这样,视觉的过程本身在把对象提高为纯洁形态方面也起了一部分作用。时间距离和空间距离所起的作用是一样的:历史和回忆录告诉我们的不是一个伟大人物或伟大事件的一切详情细节;它们对于伟大现象的微小的、次要的原因和它的弱点是只字不提的;它们对于伟大人物一生中有多少时间花费于穿衣、脱衣、饮食、伤风等等,也是只字不提的。但是,这并不能使我们不知道微小的、妨碍美的东西。在细看的时候,甚至在看来很美的对象中,我们也能清楚地看到许多重要的和不重要的缺陷。如果人的体态的外表上没有任何破坏的偶然性的烙印,那么在其基本形态中,我们就一定会发觉某种破坏匀称的东西。只要看一看从真正的面孔上丝毫不差地取下的石膏模型,就可了解这一点。罗莫尔在《意大利研究》的序言中把与此有关的种种概念完全弄错了:他想揭露艺术中虚伪的唯心主义的虚妄,因为这种唯心主义力图改善自然界的纯粹的固定的形态;他在反驳这种唯心主义时正确地指出,艺术不可能改造自然界的永久不变的形态,因为自然界是必然地,始终不渝地把这些形态给予艺术的。但是,问题在于:在现实中,艺术所不能破坏的自然界的基本形态是否处在纯粹的发展之中呢？罗莫尔回答道，"自然界并不是我们所认为的那种受着偶然性支配的个别对象，而是各种活动形式的总和，是自然界创造的一切东西的总和，或者说得确切一些，是一种创造力量；"艺术家应该醉心于自然界，而不应该满足于个别模特儿。这是完全正确的。但是，罗莫尔后来又陷入了自然主义，他想追求自然主义，正如想追求虚妄的唯心主义一样。他认为"自然界可以用自己的形式最好地表现一切"。当他把这一论点运用于个别现象时，这种论点是很有害的。同他上面所说的自相矛盾，他认为，似乎现实中有"完美的模特儿"，如阿尔班诺的维多利亚，她"比罗马的一切艺术品都要美，她的美是艺术家可望而不可即的"。我们坚信，任何艺术家在拿她做模特儿的时候，都不能把他所看到的她的各种姿态都搬移到自己的作品中来，因为维多利亚是个别的美女，而个体不可能是绝对的。问题到此已经解决，我们不愿再谈罗莫尔所提出的那个问题了。即使我们同意维多利亚的各种基本姿态都是完美的，那么血液、热、生命过程及其破坏美的细小东西（它们的痕迹留在皮肤上）——所有这些细小东西，就足以使罗莫尔所提到的美人比高级艺术品大为逊色，因为艺术品只有想象的血液、热、皮肤上的生命过程等等。

因此，正如仔细考察的结果所表明，稀有的美的现象范围之内的对象并不真正是美的，它只不过比其他对象更接近美，更不受破坏的偶然性的影响而已。

在我们批评对于现实中的美的种种苛求以前，可以大胆地说，现实中的美，不管它的一切缺点，也不管那些缺点有多么大，总是真正美而且能使一个健康的人完全满意的。自然，无谓的幻想可能总是说："这个不好，那个不够，那个又多余。"但是这种没有什么东西可以满足的幻想的苛求，我们必须承认是病态的现象。健康的人看到现实生活中许多事物和现象，在他的头脑中并不发生希望它们不是如此或者更好些的思想。人必须"完美"这种见解，是一种怪诞的见解，假如我们把"完美"了解成为这样一种事物的形态：它融合了一切可能的长处而毫无缺点，那只有内心冷淡或厌倦了的人由于无所事事，凭了幻想才可能发见的。在我看来，"完美"便是那种能使我充分满足的东西。一个健康的人可以在现实中找到许多这样的现象。一个人的心空虚的时候他能任他的想象奔驰；但是一旦有了稍能令人满意的现实，想象便敛翼了。一般地说，幻想只有在我们的现实生活太贫乏的时候才能支配我们。一个人睡在光板上的时候，他脑子里有时会幻想到富丽的床铺，用稀有的珍贵木料做成的床，用绵凫的绒毛做的鸭绒被，镶着布拉拜出产的花边的枕头，用精美的里昂料子做成的帐子，——可是一个健康的人，要是有了一个虽不富丽，却也够柔软舒适的床铺，他还会做那样的幻想吗？人都会"适可而止"。如果一个人必得住在西伯利亚藓苔地带或者伏尔加河左岸的盐沼地带，他可能幻想神奇的花园，内有人间所无的树木，长着珊瑚的枝、翠玉的叶、红宝石的果；可是假如他搬到库尔斯克省去，能够在不大的但是还过得去的长着苹果、樱桃、梨子树的花园中随心所欲地走来走去，那么，这位幻想家大约不仅会忘掉《天方夜谭》中的花园，而且连西班牙的柠檬林也不会想起了。当实际上不仅没有好的房子，甚至也没有差可安身的茅舍的时候，想象就要建造其空中楼阁。当情感无所归宿的时候，想象便被激发起来；现实生活的贫困是幻想中的生活的根源。一当现实生活稍稍可以过得去的时候，我们就觉得一切幻想都在它面前变得黯淡无光、索然寡味了。通常所谓"人的欲望无穷"，即"任何现实都不能满足人的欲望"这种看法，是错误的；相反，人不但对"现实中可能有的最好的东西"会感到满足，就是够平常的现实生活也会使人满足的。我们必须分清什么是真正感觉到的，什么仅仅是口头上说说而已的。只有在完全缺乏卫生的甚至简单的食物的时候，欲望才能被幻想刺激到火热的程度。这是一个被人类整个历史所证明了的,凡是生活过并且观察过自己的人都体验过的事实。这是人类生活一般规律中的个别事例:热情达到反常的发展,只是沉溺于热情的人的反常的情况之结果,只有在引起这种或那种热情的自然而又实在很适当的要求长久得不到应有的满足、得不到正常的而决非过分的满足的时候,才会发生这种情形。毫无疑义,人的身体不需要而且简直受不了太大的渴望和满足;同时,也无可怀疑,一个健康的人的欲望是和他的体力相适应的。让我们从这个一般的问题进到特殊的问题来吧。

大家都知道,我们的感官很快就会疲倦,觉得厌腻,即是说,感到满足了。不仅我们的低级感官(触觉、嗅觉、味觉)是如此,较高级的视觉与听觉也是一样。美感是和听觉、视觉不可分离地结合在一起的,离开听觉、视觉是不能设想的。当一个人因为厌倦而失去观赏美的东西的愿望的时候,欣赏那种美的要求也不能不消失。如果一个人不可能在一月之中每天看画(就算是拉斐尔的也罢)而不感觉厌倦,那么,无可置疑,不单是他的眼睛,就是他的美感本身有一个时期也会满足而厌腻的。关于欣赏的延续性所说的话,应用到欣赏的强度上也同样正确。在正常的满足的情况下,美的享受力是有限度的。万一偶尔超过了限度,那通常并非是内在的自然的发展的结果,而是多少带有偶然性和反常性的特殊情况的结果。(比方,当我们知道我们很快就要和一件美的东西分开,不会像我们所希望的那样有充裕的时间来欣赏它的时候,我们总是用特别的热忱来欣赏它,诸如此类。)总之,这个事实似乎是毫无疑义的:我们的美感,正如一切其他的感觉一样,在延续性和紧张的强度上,都是有它正常的限度的,在这两个意义上来讲,我们不能说美感是不能满足或无限的。

美感在它的鉴别力、敏感性和求全性或者所谓对完善的渴望上,也同样有它的限度——而且是颇为狭窄的限度。我们往后将有机会说明许多根本不算美的事物,事实上却能够满足美感的要求。这里我们只想指出来,就在艺术的领域内,美感在它的鉴别上实际是很宽容的。为了某一点长处,我们可以原谅一件艺术品的几百个缺点;只要它们不是太不像话,我们甚至不去注意它们。举出大部分罗马的诗歌作品来做例子就足够了。只有缺乏美感的人才会不懂得欣赏贺拉西、维吉尔、奥维德①。但是,这些诗人有多少的弱点呀!老实说,他们所有的东西都无力,除了一点——语言的精美与思想的发展。内容不是完全欠缺,就是毫不足道;没有独创性;既不新鲜,又不纯朴;在维吉尔和贺拉西的诗中,甚至几乎完全看不出真诚和热情。但是,即令批评将这一切短处指出来,也仍须加说一句:这些诗人已经把形式提到了高度的完美,单是这一点好处,已经足够满足我们的美感,足够我们享受了。但是,所有这些诗人就是在形式的精美上也具有重大的缺点:奥维德和维吉尔几乎总是拖得太长;贺拉西的颂诗也常常如此;这三个诗人都非常单调;他们的矫揉造作常常使人极感不快。不过没有关系,那里面仍然有些好处可供我们欣赏。和这些注重外形的精美的诗人完全相反的,我们可以举出民间诗歌来做例子。不管它们原来的形式如何,民歌传到我们今天几乎总是歪曲了的、窜改了的,或破碎支离的;它们也非常单调;最后,所有的民歌手法都很机械,总是表露出一般的动机,没有这种动机就不能展开它们的主题。但是民歌中有很多新鲜和纯朴的地方,而这就足够供我们的美感来欣赏民间诗歌了。

总之,像任何健全的感觉和任何真实的要求一样,美感渴望满足甚于苛求;照它的天性说,它一经满足就很快乐,缺乏食粮就不满意;因此遇见第一件可以过得去的东西就会高兴起来。有一个事实也证明美感并不苛求,就是:当有第一流作品的时候,它决不

---

① 贺拉西(Horace,纪元前65—前8)、维吉尔(Virgil,纪元前70—前19)、奥维德(Ovid,纪元前43—纪元后17),都是古罗马的著名诗人。

蔑视二流作品。拉斐尔的画并不使我们认为格罗①的作品坏;虽然有了莎士比亚,我们阅读二流甚至三流诗人的作品,仍然感到快乐。美感寻求的是好的东西,而不是虚幻的完美的东西。因此就令现实中的美有许多严重的缺点,我们还是满意它的。但是,让我们更仔细地来看一看对现实中的美的责难正确到什么程度,由此得出的结论又正确到什么程度吧。

第一,"自然中的美是无意图的;单凭这个理由,它就不可能和艺术中的美一样好,艺术中的美是照人的意图制造出来的。"——不错,无知觉的自然并不想到自己的作品的美,正如一棵树不想它的果实是否甘美一样。但是必须承认,我们的艺术直到现在还没有造出甚至像一个橙子或苹果那样的东西来,更不必说热带甜美的果子了。当然,有意图的产品比无意图的产品有更高的价值,但也只有在双方生产者的力量相等的时候才是如此。人的力量远弱于自然的力量,他的作品比之自然的作品粗糙、拙劣、呆笨得多。因此,艺术作品的意图性这个优点还是敌不过而且远敌不过它制作上的缺陷。加以,无意图的美只存在于无知觉的死的自然中:鸟兽都已经关心它们的外表,使之不断地改善,几乎所有的鸟兽都爱整洁。至于人,美是很少毫无意图的:我们大家都非常注意自己的外表。当然,我们在这里说的不是制造美的人工方法,而是说的作为国民卫生的一部分,人对于外表美观的经常注意。但是,假如说在严格的意义上,自然中的美正如自然力量的一切行动一样,不能说是有意图的,那么另一方面,也不能说自然根本就不企图产生美;相反,当我们把美了解为生活的丰富的时候,我们就必得承认,充满整个自然界的那种对于生活的意向也就是产生美的意向。既然我们在自然界一般地只能看出结果而不能看出目的,因而不能说美是自然的一个目的,那么我们就不能不承认

---

① 格罗(Gros,1725—1805),法国画家。

美是自然所奋力以求的一个重要的结果。这种倾向的无意图性（das Nichtgewolltsein）、无意识性，毫不妨碍它的现实性，正如蜜蜂之毫无几何倾向的意识性，植物生命之毫无对称倾向的意识性，毫不妨碍蜂房的正六角形的建筑和叶片的两半对称型一样。

第二，"因为自然中的美不是有意产生的，美在现实中就很少见到。"——但即令真是这样，这种稀少也只是对我们的美感说来深堪惋惜，却毫不减损这少数现象和物体的美。鸽蛋大小的钻石难得看到；钻石爱好者尽可正当地叹惜这个事实，但他们还是一致公认这些稀有的钻石是美的。一味埋怨现实中美的稀少，并不完全正确；现实中的美决不像德国美学家所说的那样稀少，至少这一点是无可怀疑的。美的和雄伟的风景非常之多，这种风景随处可见的地域并不少，——作为例子，不必举瑞士、阿尔卑斯山、意大利，举出芬兰、克里米亚、第聂伯河岸，甚至伏尔加河岸就行了。人生中雄伟的事物不会接连地遇到；但人自己是否愿意时常遇到，也还是疑问。生活中的伟大瞬间代价太高，消磨人太甚；谁要希望寻找这些伟大瞬间，并且能够承受它们对心灵的影响，那么，他到处都可以找到机会来发挥崇高的情感：勇敢、自我牺牲、与祸害罪恶作高尚斗争之路永不绝于任何人。而且，总是到处有成百成千的人，他们整个一生就是崇高的情感和行为的连续。人生中美丽动人的瞬间也总是到处都有。无论如何，人不能抱怨那种瞬间的稀少，因为他的生活充满美和伟大事物到什么程度，全以他自己为转移。

生活是那样广阔多彩，凡是人觉得真正迫切需要寻找的东西，差不多总可以尽量在那里找到。生活只有在平淡无味的人看来才是空虚而平淡无味的，那些人空谈情感和要求，实际上却除了想要装腔作势以外，再不能怀抱任何特别的情感和要求。因为人的一生的精神、倾向和特色，都是人本身的性格所造成的：生活中的各种事件虽然不由人来决定，这些事件的精神却是由人的性格来决定的。"猎人找野兽,野兽迎面来。"最后,我们必得说明一下什么是特别地叫做美的,并且看看女性美稀少到什么程度的问题。但是,这对于我们这篇抽象的论文也许不太合适,因此,我们只想说:几乎所有青春年少的女子在大多数人看来都是美人,由此就可证明与其说美是稀少的,毋宁说大多数人缺少美感的鉴别力。美貌的人决不比好人或聪明人等等来得少。

那么如何解释拉斐尔抱怨在意大利,那典型的美的故国缺少美人这个事实呢?很简单:他寻求的是最美的女人,而最美的女人,自然,全世界只有一个,——那到哪里去找她呢?凡头等的东西总是为数甚少,原因很简单:一有了许多,我们一定又要将它们分为几等,只把其中的两三个称为头等;其余的便都是次等。

一般地,我们可以这样说:"现实中的美很稀少"这个思想是"十分"与"最"两个概念混淆的结果:十分大的河流是有许多的,其中最大的却当然只能有一条;伟大的统帅是有许多的,而世界上最伟大的统帅却只是其中的某一个。通常人们总是想:倘若有或者可能有那么个东西 X 比我眼前的东西 A 更高级,那么这个 A 便是低级的;可是他们只不过这样想想罢了,实际上并没有这样感觉到;明知道密西西比河比伏尔加河更大,我们也还是认为伏尔加河是一条大河。通常说:假如一个东西比别一个东西优越,那么,第一个东西的优越性便是第二个东西的缺点;完全不是这样;实际上,缺点是一个"原级",决非由于其他东西比它优越才形成的。一条在某些地方只有一英尺深的河之所以被认为是浅河,不是因为别的河比它深得多;不用任何比较,它本身就是一条浅河,因为它不便于航行。一条三十英尺深的运河,在实际生活中不算浅,因为它完全便于航行;没有一个人会说它浅,虽则每个人都知道多维尔海峡①比它深得多。抽象的数学的比较不是现实生活的观点。

---

① 多维尔海峡,英国和法国之间的海峡。

因此,尽管我们认为 X 比 A 美,但是在现实生活中我们却决不会认为 A 不美。我们假定《奥赛罗》比《麦克白》伟大或《麦克白》比《奥赛罗》伟大,——但是不论何者优越,两个悲剧仍然都是美的。《奥赛罗》的优点不能算作《麦克白》的缺点,反之亦然。这就是我们对于艺术作品的看法。假如我们也这样来观察现实中的美的现象,那么我们常常不得不承认,一件事物的美可以是无懈可击的,虽然别的事物也许比它更美些。的确,虽然安的列斯群岛和东印度群岛的大自然要美得更多,有谁认为意大利的大自然不美呢?只有从这样的观点出发,美学才能断定说,在现实世界中美是稀有的现象,而这种观点并没有在人的真实感情和判断中得到证实。

第三,"现实中美的事物之美是瞬息即逝的。"——就假定如此,难道它就因此而减少了美吗?而且这不一定是对的:一朵鲜花真的很快就会凋谢,可是人类的美却能留存一个很长的时间;甚至可以说,人类的美你要享受它多久,它就能留存多久。详尽地来证明这个论点,也许不很适合于我们这篇抽象论文的性质;因此,我们只是说明,每一代的美都是而且也应该是为那一代而存在:它毫不破坏和谐,毫不违反那一代的美的要求;当美与那一代一同消逝的时候,再下一代就将会有它自己的美、新的美,谁也不会有所抱怨的。在这里详尽地来证明下面这个事实,也许又是不适合的,这事实就是:"不老"这个愿望是一种怪诞的愿望,事实上,中年人就愿做中年人,只要他的生活保持常轨,而他又不是一个浅薄的人的话。这是无须详加证明就可以明白的。我们大家都"惋惜地"回忆着我们的童年,往往说"我们真愿回到那个幸福的时代去";但是恐怕没有人会真的同意重又做一个小孩。惋惜"我们青春的美已经过去了"也是一样,——这句话并没有现实的意义,如果一个人的青春度过得还算满意的话。把已经体验过的一切重新体验一次是会厌烦的,正如听人讲笑话,即使第一次听来津津有味,第二次听也就厌烦了。必须分清楚真实的愿望和怪诞虚幻的愿望,后一种愿望是完全无法满足的;要现实中的美不凋谢,这便是虚幻的愿望。人们说,"生活向前突进,在它的奔流中把现实的美卷走了,"——一点也不错;但是我们的愿望也在随着生活一同向前突进,即是说,改变内容;因此,由于美的现象要消失而觉得惋惜,是荒唐的。——它完成了它的工作之后,就要消失,今天能有多少美的享受,今天就给多少;明天是新的一天,有新的要求,只有新的美才能满足它们。倘若现实中的美,像美学家所要求的那样,成为固定不变的、"不朽的",那它就会使我们厌倦、厌恶了。活着的人不喜欢生活中固定不移的东西;所以他永远看不厌活生生的美,而活画却很容易使他厌烦,虽然那些专门崇拜艺术的人认为后者比活生生的场景更美。按照这些人的意见,美不仅是永远不变的,而且永远是千篇一律的,因此就产生了对现实中的美的新的责难。

第四,"现实中的美是不经常的。"——对于这一点,我们应该用前面那个问题来回答:美不经常,难道就妨碍了它之所以为美吗?难道因为一处风景的美在日落时会变得暗淡,这处风景在早晨就少美一些吗?还是应该说,这种非难多半是不公平的。就假定有些风景的美会随着殷红的曙光一同消逝吧;但是,大部分美的风景在任何光线之下都是美的;而且还必须加上说,倘若一处风景的美只限于某一个时辰,不能共那风景而长存的话,那么,那风景的美只能算是平淡的。"人的面孔有时表现着全部生命力,有时却什么也不表现。"——并不是这样;面孔有时非常富于表情,有时又表情很少,这倒是确实的;但是一副闪烁着智慧或和善的光芒的面孔,只有在极少的瞬间,才会是毫无表情的:一副聪明的面孔,就在睡眠的时候也还保持着聪明的表情,一副和善的面孔,就在睡眠的时候也还保持着和善的表情,在富于表情的面孔上,迅速变化的表情赋予它新的美,正像姿势的变化赋予活生生的人以新的美一样。常常是,正因为一个美的姿势消失,这才使它为我们所珍视:"一群战士比武是美的,可是不到几分钟便乱了。"——但是假如不乱,假如这些竞技家的搏斗要延续一个昼夜,那会怎样呢？我们一定会看厌而跑开去,如同实际上常有的情形一样。在美的印象的影响之下,我们滞留在一幅画的静止的"永恒的美"、"永远不变的美"面前到半个钟头或一个钟头之久,那么,通常那结果会怎样呢？那结果是我们不等到夜晚的黑暗把我们"从享乐中拉走",我们便会走开。

第五,"现实中的美之所以为美,只因为我们是从某一点上来看它,从那一点来看它才显得美。"——相反,更常有的情形是美的东西从任何一点看都是美的;例如,一处美的风景,无论我们从哪里去看总是美的,——当然它只有从某一点看才最美,——但是,又有什么呢？一幅画也必须从一定的地方来看,它所有的美才能显出来。这是透视律的结果,在我们欣赏现实中的美和艺术中的美的时候,都要同样遵照透视律的。

一般地说,我们评论过的一切对现实中的美的责难都是夸大了的,有一些甚至是完全不公平的;其中没有一条可以适用于各种的美。但是,我们还没有研究流行的美学在现实世界的美中找出来的最主要、最根本的缺点。以前的责难还只是说现实中的美不能令人满意;现在则索性证明现实中的美根本不能叫做美。这种证据有三个。我们就来研究一下吧,——先从比较薄弱的、普遍性较小的证据说起。

第六,"现实中的美不是和一群对象联结在一起(如一处风景、一群人),便是和某一个别对象联结在一起。意外之灾总是破坏着现实中这看来很美的一群,引进一些不相干的、不需要的东西到这一群中来,因而损害了整体的美和统一性;它也破坏那看来很美的个别对象,损害它的某些部分:仔细的分析常常会给我们证明,显得美的实际对象的某些部分,是一点也不美的。"——这里,我们又看到了认美为完美的那个思想。不过,这只是认为唯一能满足人的东西只有数学式的完美的那个一般思想的特殊应用罢了;但是,人的实际生活却分明告诉我们,人只寻求近似的完美,那严格讲来是不应该叫做完美的。人们只寻求好的而不是完美的。只有纯粹数学要求完美;甚至应用数学都以近似计算为满足。在生活的任何领域寻求完美,都不过是抽象的、病态的或无聊的幻想而已。我们希望呼吸清洁的空气;但是我们注意到,绝对清洁的空气是任何地方、任何时候都没有的。我们希望饮清洁的水,但也不是绝对清洁的水:绝对清洁的水(蒸馏水)甚至是不可口的。这些例子太偏于物质方面了吗?我们可以举些其他的例子:可有谁想过只因为某人不是样样都懂便认为他没有学问呢?不,我们不会去寻找一个样样都懂的人;我们只要求一个有学问的人懂得一切重要的东西,懂得许多东西。比方一本历史书,如果它没有解释所有一切问题和列举所有一切细节,作者也不是每一意见每一词句都绝对正确,难道我们就不满意这本历史吗?不,我们是满意的,甚至非常满意,只要这本书解决了主要的问题,记述了最必要的细节,只要作者的主要的意见是对的,而书中错误的或不成功的解释很少。(我们将从下文看到,在艺术领域中,我们也只能满足于近似的完美。)根据这些论点,我们可以不怕尖锐的矛盾地说,在现实生活的美的领域中,我们能找到很好的东西也就满足了,并不要找数学式的完美的、毫无瑕疵的东西。假若有一处风景,只因为在它的某一处地方长了三丛灌木——假如是长了两丛或四丛就更好些,——难道会有人想说那处风景不美吗?大约没有一个爱海的人会有这种想法,觉得海还可以比它现在的样子更好看一些;可是,倘若真用数学式的严格眼光去看海的话,那么海实在有许多缺点,第一个缺点就是海面不平,向上凸起。不错,这缺点并不显明,它不是用肉眼而是用计算才能发现的;因此,我们可以补充说,谈论人所不能看见,而仅能知道的缺点,实在是可笑的,然而现实中的美多半都有这种缺点:它们不是看得出或感觉得到的,而是经过研究才显出来的。我们不应忘记,美感与感官有关,而与科学无关;凡是感受不到的东西,对美感来说就不存在。但是,现实中的美的缺点真的多半是感官所不能察觉的吗?经验告诉我们确是如此。凡是富于美感的人,没有不是在现实中碰到过千万个人、现象和事物,在他看来都是无可指摘的美的。可是,即使美的事物的缺点可以由感官察觉出来,那又有什么要紧呢?假如纵有缺点,而事物仍然是美的,则那些缺点必定是太不重要了;假如重要,那事物就要不美而是丑的了。不重要的缺点是不值得一谈的。真的,一个有健全的美感的人是不会注意这些的。

凡是没有专门研究现代美学的人,听了这美学所提出的第二个证据,说所谓的现实中的美不能算做真正的美,一定要觉得奇怪。

第七,"现实事物不可能是美的,因为它是活的事物,在它身上体现着那带有一切粗糙和不美细节的生活的现实过程。"——比这更荒谬的唯心主义恐怕再也想象不出来了。难道一个活的面孔不算美,而画像或照片上的同一面孔就反而美?为什么呢?因为活的面孔上不可避免地总有生活过程的物质的痕迹呀;因为如果在显微镜下来看活的面孔,我们总是看到满脸的汗渍呀,诸如此类。一棵活的树是不可能美的,因为上面总有许多吃树叶的小虫呀!真是不值一驳的怪论:我对美的看法和它所不会注意到的东西有什么关系呢?我的感觉所觉察不到的缺点,能够对我的感觉发生影响吗?为了反驳这个意见,我们无须引证人人皆知的道理:天下哪有寻找不吃、不喝、不浣洗、不换衣服的人的怪事。详细地来谈论这种事,毫无益处。倒不如把产生这种对现实中的美的奇怪责难的那些思想中的一个,即是构成流行的美学的基本观点之一的那个思想来检查一下,更有益一些。这个思想就是:"美不是事物本身,而是事物的纯粹的表面、纯粹的形式(die reine Oberfläche)。"这种美的观点之完全不能成立,一当我们探溯美的根源时,便显然可见了。在大多数的情形下,我们用眼睛鉴赏美;

而眼睛所见的当然只是事物的外壳、轮廓、外表，而不是它内部的构造。由这一点，很容易得出结论说，美是事物的外表，而非事物本身。可是，第一，除去视觉的美之外，还有听觉的美（歌曲和音乐），那是无所谓什么外表的。第二，也不能说，眼睛总是只看见事物的外壳：对于透明的事物，我们可以看出整个的事物、它的整个内部构造；正是这种透明性赋予水和宝石以美。最后，说到人体，这世界上最美的东西，也是半透明的，我们在人身上不只是能看到一个外表：人体通过皮肤焕发着光彩，因而赋予人类的美以百般的魅力。第三，即使完全不透明的东西，倘若说我们看见的只是外表，而不是事物本身，那也是很奇怪的：视觉不仅是眼睛的事情，谁都知道，理智的记忆和思考总是伴随着视觉，而思考则总是以实体来填补呈现在眼前的空洞的形式。人看见运动的事物，虽则眼睛本身是看不见运动的；人看见远处的事物，虽则眼睛本身看不见远处；同样，人看见实体的事物，而眼睛看到的只是事物的空洞的、非实体的、抽象的外表。"美是纯粹表面的"这个思想的另一根据，就是这样一种假定，认为美的享受是和事物中所表露的物质利益不能相容的。我们且不去分析美的享受和事物对我们的物质利益之间的关系应当如何来理解，虽则这样的研究会使我们相信，美的享受虽和事物的物质利益或实际效用有区别，却也不是与之对立的。这只须举出我们经验中的例证就足够了：一个现实的事物看起来可能是美的，却并不使我们想起物质的利益：当我们欣赏星星、海洋、森林（在我看到现实中的森林的时候，难道我就必须想到它是否适于建筑或取暖吗？）时，我们会产生什么自私的念头呢？当我们谛听树叶的沙沙声、夜莺的歌唱声时，我们会产生什么自私的念头呢？至于人，我们爱他常常没有任何自私的动机，也丝毫没有想到我们自己；他能很快地使我们感到美的愉快，可并不唤起我们对他的关系的任何物质的（stoffartig）打算。最后，美是纯粹的形式这个思想，是和美是纯粹的幻象那个概念最密切地联结着的,而且是由它而来的;而这个概念,又是认为美是观念在个别事物上的完全显现的那个定义的必然结果,因此也和那定义一样不能成立。

论述了一连串越来越普遍、越来越猛烈的对现实中的美的责难之后,现在我们再来看看为什么现实的美不能算是真正的美那最后、最有力而又最普遍的理由。

第八,"个别的事物不可能是美的,原因就在于它不是绝对的,而美却是绝对的。"——对于主张此说的哲学派别说来,这确是无可争辩的论证,这些哲学派别认为"绝对"不仅是理论真理的准则,而且也是人类行动意图的准则。但是这些思想体系都已解体,让位给了别的体系;别的体系虽是借助于内在辩证的过程从这些体系中发展出来的,但对于生活的理解却不同了。我们只限于指出这种观点——把一切人类的意图归之于"绝对",就是从这种观点出发的——在哲学上不能成立,我们的批判将采取另一种不同的观点,更接近于纯粹美学概念的观点,我们认为:人的一般活动不是趋向于"绝对",并且他对于"绝对"毫无所知,心目中只是有各种纯人类的目的而已。在这一点上,人的美的感觉和活动,是与他的别的感觉和活动完全类似的。我们在现实中没有遇见过任何绝对的东西;因此,我们无法根据经验来说明绝对的美会给予我们什么样的印象;但是我们至少从经验中知道同声相应、同气相求①,因此,我们作为不能越出个体性范围的个体的人,是很喜欢个体性,很喜欢同样不能越出个体性范围的个体的美的。这样说明之后,进一步的反驳已属多余。我们只要再加上一句:真正的美的个体性这个思想,正是从那种把"绝对"看作美的准则的美学观点体系中发展出来的。从个体性是美的最根本的特征这个思想出发,自然而然就会得出这样的结论:"绝对的准则是在美的领域以

---

① 楷体文字在原著中为拉丁文。

外的,"——一个和这美学体系的基本观点相矛盾的结论。这种矛盾是我们正在论及的体系有时无法避免的,矛盾的根源是在从经验中得来的天才论断和同样很有天才却缺乏内在根据的企图的混合,那种企图要使所有的论断服从于一种先验的观点,而这先验的观点又是时常和那些论断相矛盾的。

我们将所有对现实中的美所提出的多少是不正确的责难都分析过了,现在我们可以来解决艺术的根本作用的问题。依照流行的美学概念,"艺术是由于人们企图弥补美的缺陷而产生的,那些缺陷(我们已经分析过的)使得现实中实际存在的美不能令人完全满意。艺术所创造的美是没有现实中的美的缺陷的。"让我们就来看一看艺术所创造的美比现实中的美,就前者能免除后者所受的责难这一点来说,实际上究竟优越到什么程度,这将使我们更易于来决定:关于艺术的起源和艺术与活生生的现实的关系的流行观点到底正确与否。

第一,"自然中的美是无意图的。"——艺术中的美是有意图的,这是真的;可是,是否在所有的情形下和所有的细节上都如此呢?我们不必详论,艺术家和诗人是否时常以及到什么程度,能清楚地了解到他们作品中所恰要表现的东西,——艺术家活动的无意识性早已成为一个被讨论得很多的问题;现在尖锐地强调作品的美依靠于艺术家有意识的努力,比详论真正创作天才的作品总是带有很多无意图性和本能性,也许更为必要。不论怎样,这两种观点都为大家所熟知,在这里毋须加以详论。但是,指出这一点或许不算多余:艺术家(特别是诗人)有意图的努力也不一定能使我们有权利说,对美的关心就是他的艺术作品的真正来源;不错,诗人总是力求"尽量写得好";但这还不能说,他的意志和思想纯粹地甚至主要地被关于作品的艺术性或美学价值的考虑所支配了:正如在自然中有许多倾向不断地互相斗争,在斗争中破坏或损害着美,艺术家和诗人内心也有许多倾向影响他对美的努力,损害他的作品的美。在这许多倾向中,首先就是艺术家各种日常的挂虑和需要,它们不允许他只做一个艺术家,而不管其他,其次,是他的理智和道德观点,它们不允许他在工作时只想到美;第三,艺术家发生艺术创作的念头,通常并不单只是他想创造美这一意图的结果:一个配得上"诗人"称号的人,总是希望在自己的作品里不仅表达他所创造的美,还要表达他的思想、见解、情感。总之,假如说现实中的美是在对自然中其他倾向的斗争中发展起来的,那么,艺术中的美也是在对那创造美的人的其他倾向和要求的斗争中发展起来的。假如说在现实中,这种斗争损害或破坏了美,那么,在艺术作品中,这种损害或破坏美的机会也并不少些;假如说在现实中,美是在许多与美背道而驰的影响之下发展着,那些影响不让它仅仅成为美,那么,艺术家或诗人的创作也是在许多千差万别的倾向之下发展着,而那些倾向又必然会带来同样的结果。固然,我们可以同意,美的艺术作品比之美的自然产物,其创造美的意图性更多,因而在这一点上艺术可以胜过自然,假如艺术的意图性能够摆脱自然所没有的缺陷的话。但是,艺术虽因意图性而有所增益,同时却也因它而有所丧失;问题是艺术家专心致志于美,却常常反而于美一无所成:单是渴望美是不够的,还要善于把握真正的美,——而艺术家是多么常常地在他的美的概念中迷失道路呀!他是多么常常地为艺术家的本能(且不说多半失于偏颇的反省的概念)所欺骗呀!在艺术中,所有个体性的缺陷都是和意图性不可分的。

第二,"在现实中美是少见的。"——但是莫非在艺术中美就更常见吗?多少真正悲剧的或戏剧性的事件天天在那里发生呀!可是有很多真正美的悲剧或戏剧吗?在整个西方文学中才有三四十篇,在俄国文学中,假如我们没有说错的话,除了《鲍利斯·戈都诺夫》和《骑士时代小景》[1],连一篇中等以上的也没有。现实生活中完成了多少的小说呀!可是我们能列举出很多真正美的小

---

① 两书都是普希金的作品。

说吗？也许在英国和法国文学中各有几十篇，在俄国文学中有五六篇罢了。美丽的风景是在自然中还是在画中遇见的更多呢？——那么，为什么会这样？因为伟大的诗人和艺术家是很少的，正如同任何种类的天才人物都很少一样。假如说在现实中，对于美的或崇高的事物的创造完全有利的机会很稀少的话，那么，对于伟大天才生长和顺利发展有利的机会就更加稀少，因为那需要为数更多得多的有利条件。这种对现实的责难更猛烈地落到了艺术身上。

第三，"自然中的美是瞬息即逝的。"——在艺术中，美常常是永久的，这是对的；但也并不总是如此，因为艺术作品也很易于湮没或偶然损毁。希腊的抒情诗我们已经无缘再见，阿伯力斯①的画和吕西普斯②的塑像都已湮没。但是不用细讲这一点，且让我们来考察一下很多艺术作品不能和自然中的美一样长存的其他原因——这就是风尚和题材的陈旧。自然不会变得陈腐，它总是与时更始，新陈代谢；艺术却没有这种再生更新的能力，而岁月又不免要在艺术作品上留下印迹。在诗歌作品里面，语言很快就会变得陈旧，因为这个原故，我们就不能像莎士比亚、但丁和乌弗兰③的同时代人那样随意欣赏他们的作品。尤其重要的是，随着时间的流逝，诗歌作品中的许多东西都不为我们所理解了（与当时情况有关的思想和语法，对事件和人物的影射）；许多东西变得毫无光彩，索然寡味；渊博的注释决不能使后代感到一切都明白而生动，如同当时的人所感到的一样；而且，渊博的注释与美的欣赏是两个互相矛盾的东西；更不要说，有了注释，诗歌作品就不再为大家所易诵了。尤其重要的是，文明的发展和思想的变迁有时会剥夺诗歌作品中所有的美，有时竟使它变为不愉快甚或讨厌的东西。

---

① 阿伯力斯（Apelles），纪元前四世纪希腊画家。
② 吕西普斯（Lysippus），纪元前四世纪希腊雕刻家。
③ 乌弗兰（Wolfram，约 1170—1220），德国诗人。

我们不要举许多例子，只说罗马诗人中最朴素的维吉尔的牧歌就够了。

让我们从诗再谈到其他的艺术吧。音乐作品随着它们配合的乐器而同归湮没。所有的古乐我们已无缘再听。古乐曲的美因乐队的臻于完善而减色了。在绘画上，颜色很快就会消褪与变黑；十六、十七世纪的绘画早已失去它们原先的美了。但是所有这些情况的影响纵然很大，却还不是使艺术作品不能持久的主要原因，主要原因是时代趣味的影响，时代趣味几乎总是风尚的问题，片面而且常常是虚伪的。风尚使得莎士比亚每一个剧本中有一半不适于我们时代的美的欣赏；反映在拉辛和高乃依①的悲剧里面的风尚使得我们与其说欣赏它们，倒不如说笑话它们。无论绘画也好，音乐也好，建筑也好，几乎没有一件一百年或一百五十年前创造的作品，在现在看起来不是觉得老旧或可笑的，纵有天才的力量烙印在上面也无济于事。现代的艺术在五十年后，也将常常引人发笑。

第四，"现实中的美是不经常的。"——这是真的；但艺术中的美是僵死不动的，那就更坏得多。一个人能够看一个活人的面孔几个钟头，看一幅画看一刻钟就会厌倦，要是有人能在画前站上一个钟头，那便是稀有的美术爱好者了。诗比绘画、建筑和雕刻都要生动，但即使是诗，也会使我们很快就感觉厌腻：自然，一个人读一本小说，能一连读到五次，那是很难找到的；而生活、活的面孔和现实的事件，却总是以它们的多样性而令人神往。

第五，"自然中的美只有从一定的观点来看才是美的。"——这个思想几乎总是不对的；但是对于艺术作品，它倒几乎总是适用的。所有不属于我们这时代并且不属于我们的文化的艺术作品，

---

① 拉辛（J. Racine，1639—1699）和高乃依（P. Corneille，1606—1684），均为法国剧作家。

都一定需要我们置身到创造那些作品的时代和文化里去,否则,那些作品在我们看来就将是不可理解的、奇怪的,但却是一点也不美的。假如我们不置身于古希腊的时代,莎孚①和安拉克里昂②的诗歌在我们看来就会是毫无美的快感的词句,正像人们羞于发表的那些现代作品一样;假如我们不在思想上置身于氏族社会,荷马的诗歌就会以它那犬儒主义、粗野的贪婪和道德情感的缺乏,令我们不快。希腊的世界距离我们太远了,我们就以更近得多的时代来说吧。在莎士比亚和意大利画家的作品里有多少地方,我们只有靠回到过去和过去对事物的概念,才能理解和玩味啊! 我们再举一个更接近我们时代的例子:谁要不能置身于歌德的《浮士德》所表现的那个追求和怀疑的时代,就会把《浮士德》看成一部奇怪的作品。

第六,"现实中的美包含许多不美的部分或细节。"——但是在艺术中不也是如此吗? 只不过程度更大罢了。请举出一件找不到缺点来的艺术作品吧。瓦尔特·司各脱的小说拉得太长,狄更斯的小说几乎总是感伤得发腻,而且也常常太长了,萨克雷的小说有时(毋宁说常常如此)因经常表现恶意嘲讽的直率而令人不快。但是最近的天才极少为美学所重视;它宁取荷马、希腊悲剧家和莎士比亚。荷马的诗缺少连贯性;埃斯库罗斯③和索福克勒斯都太枯燥和拘谨,再有,埃斯库罗斯缺乏戏剧性;欧里庇得斯④流于悲伤;莎士比亚失之于华丽和夸大;他的剧本的艺术结构假如能像歌德所说的那样稍稍加以修改的话,那就十分完美了。说到绘画,我们也得要承认是同样的情形:只有对于拉斐尔,我们很少听见有什么意见,在所有其他的绘画中,早已找出许多缺点来了。但是就连

① 莎孚(Sappho),纪元前七世纪希腊女抒情诗人。
② 安拉克里昂(Anacreon,约纪元前570—前478),希腊抒情诗人。
③ 埃斯库罗斯(Aeschylus,纪元前525—前456),希腊悲剧诗人。
④ 欧里庇得斯(Euripides,约纪元前480—前406),希腊悲剧诗人。

拉斐尔，也还是有人指摘他缺少解剖学知识。音乐更不用说了：贝多芬太难于理解而且常常粗野；莫扎特的管弦乐是贫弱的；新作曲家的作品中噪音和喧声太多。照专家们的意见，毫无瑕疵的歌剧只有一个，那就是《唐·璜》①；但是普通人认为它枯燥。假如在自然和活人中没有完美的话，那么，在艺术和人们的事业中就更难找到了："后果不可能有前因（即人）中所没有的东西。"谁想要证明一切艺术作品是如何贫弱，他有非常之多的机会。自然，这种做法与其说是表明他没有偏见，不如说是表明他心地尖酸；不能欣赏伟大艺术作品的人是值得怜悯的；但是如果赞美得太过分，那就要记得，既然太阳上也有黑点，"人世间的事情"就更不可能没有缺陷。

第七，"活的事物不可能是美的，因为它身上体现着一个艰苦粗糙的生活过程。"——艺术作品是死的东西，因此，它似乎应该不致受到这个责难。但是，这样的结论是肤浅的，它违反事实。艺术作品原是生活过程的创造物，活人的创造物，他产生这作品决不是不经过艰苦斗争的，而斗争的艰苦粗糙的痕迹也不能不留在作品上。诗人和艺术家，能够像传说中的莎士比亚写剧本那样信手写来、不加删改的，有几个呢？如果一件作品并不是没有经过艰苦劳动而创造出来的，那么，它一定会带着"油灯的痕迹"，艺术家就是靠那油灯的光工作的。几乎在所有的艺术作品中都可以看出某种的艰苦，不论头一眼看去它们显得多么轻快。如果它们确实是没有经过巨大而艰苦的劳动创造出来的，在加工上就难免有粗糙的毛病。因此，二者必居其一：不是粗糙，便是艰苦的加工，——这就是艺术作品所碰到的难题。

我的意思并不是说，在这分析中列举的一切缺点，在艺术作品上总是表现得非常明显的。我只是想指出，艺术所创造的美无论如何经不起如批评现实中的美那样吹毛求疵的批评。

---

① 《唐·璜》，莫扎特作的歌剧。

从我们所作的分析中可以看出,倘若艺术真是从我们对活的现实中的美的缺陷的不满和想创造更好的东西的企图产生出来的,那么,人的一切美的活动都是毫无用处、毫无结果的,人们既见到艺术不能达到他们原来的意图,也就会很快放弃美的活动了。一般地说,艺术作品具有在活的现实的美里面可以找到的一切缺陷;不过,假如艺术一般地是没有权利胜过自然和生活,那么,也许某些特殊的艺术具有独特的优点,得以使那作品胜过活的现实中的同类现象吧?也许,某种艺术甚至能产生出现实世界中无与伦比的东西吧?这些问题都还没有在我们的总的批评中获得解决,所以我们必须考察一些特殊的事例,以便发现某些艺术中的美与现实中的美的关系,现实中的美是由自然所产生的,是与人对美的愿望无关的。只有这样的分析才会明确地回答下面的问题,即:艺术的起源能否说是由于活的现实在美的方面不能令人满足。

建 筑

艺术的序列通常从建筑开始,因为在人类所有各种多少带有实际目的的活动中,只有建筑活动有权利被提高到艺术的地位。但是,假如我们把"艺术品"理解为"人在对美的渴望的巨大影响之下所产生的东西",那么,这样来限制艺术的范围,是不正确的。在人民中,或者更准确地说,在上流社会中,美感已经发展到了这样的程度,差不多所有人类生产的东西都是在这种渴望的巨大影响之下设计和制造出来的:如舒适的家庭生活的必需品(家具、器皿、屋内的陈设)、衣服、花园等等。依特鲁立亚①花瓶以及古人衣服上的装饰品都被认为"艺术品";它们被归入"雕刻"部门,自然不完全正确;但是我们难道应当把家具制造的艺术看成建筑的一

_____

① 依特鲁立亚,古代意大利中部的国名。

种吗？我们可又把花园与公园归入哪一部门呢？——花园与公园原来是为着散步或休息用的，但是后来却完全服从另一个目的，即成为美的享乐的对象了。有些美学书籍把园艺叫做建筑的一个部门，但这分明有些勉强。假如我们把凡是在美感的巨大影响之下生产物品的活动都叫做艺术，那么，艺术的领域就要大大地扩大；因而我们就不能不承认建筑、家具与装饰艺术、园艺、雕塑艺术等等在本质上的同一性了。人们会说："建筑创造了以前自然中所没有的新的东西，建筑完全改变了它的材料，而人类的其他生产部门却保存着它们的材料的原形，"——不，人类活动的很多部门，在这一点上是与建筑并无二致的。例如养花：田野的花决不像花园栽培出来的华丽的复瓣花。旷野的森林与人工培植的花园或公园有什么相同之点呢？如同建筑要弄平石块一样，园艺要修剪、扶直树木，使每一株树的形状完全不同于处女林中的树木；正如建筑堆砌石块成为整齐的形式一样，园艺把公园中的树木栽成整齐的行列。总之，养花或园艺把"粗糙的原料"加以改造、精制，是和建筑如出一辙的。工业也可以说是如此；在对美的渴望的巨大影响之下，工业创造了，比方说，织物，自然界没有提供任何类似织物的东西，在织物中，原来的材料改变得比石块在建筑中改变的还要厉害。"但是建筑，作为一种艺术，比其他各种实际活动更专一无二地服从美感的要求，而完全放弃了满足生活目的这个倾向。"但是花卉或人工公园又是满足什么生活目的的呢？难道雅典的守护神神庙和西班牙的古王宫没有实用的目的吗？园艺、家具制造艺术、珠宝琢磨术与装饰艺术都比建筑更少从实用方面来考虑，但是美学论著并不用特别的篇幅来研讨它们。通常建筑所以从一切实际活动中被单独提出来而称为美的艺术，我们以为其原因不在它的本质，而在：别的部门的活动纵已达到艺术的地步，却因为它们的产品"不大重要"而被忽略，建筑的产物则正因为它的重要、贵重，以及它那比人类任何其他产物都更触目的巨大容积，而不容忽视。

凡以满足我们的"趣味"或美感为目的的工业部门、工艺,我们都承认其为"艺术",正如承认建筑是艺术一样,只要它们的产物是在对美的渴望的巨大影响之下设计和制造出来的,只要所有其他的目的(建筑也总是有其他的目的)都从属于这个主要的目的。实际活动的产物,不在生产真正必需或有用的东西而在生产美的东西这个主要意图之下设计和制造出来的,这种产物值得注意到什么程度,全然是另外一个问题。解答这个问题不在我们讨论范围之内;但是,不论如何解答,都同样适用于下面的问题,即:建筑的创造物在纯艺术的意义上而不作为实际的活动来看,究竟值得注意到什么程度。思想家用什么样的眼光去看一件值一万法郎的喀什米尔披肩、一只值一万法郎的座钟,他也会用同样的眼光去看一座值一万法郎的精致的亭子。他也许要说,所有这些东西与其说是艺术品,毋宁说是奢侈品;他也许要说,真的艺术与奢侈无关,因为美最主要的性质是朴素。那么,这些无谓的艺术品与淳朴的现实之间的关系究竟怎样呢?这个问题的答案可以从下面的事实中找到:在所有上述的情形下,我们谈的是人类实际活动的产品,那些活动虽然离开了自己的真正使命——生产必需的或有用的东西,但仍然保留了它们的主要特点,即产出了自然所不能产出的东西。因此,在这种情形之下,艺术产品的美和自然产品的美两者之间的关系,是不成问题的:自然中没有什么东西可以来和刀子、叉子、呢绒、钟表相比,正如同自然中没有什么东西可以来和房屋、桥梁、圆柱等等相比一样。

这样,即使我们把在对美的渴望的强大影响之下所创造出来的一切东西,都归入美的艺术的范围,我们也还是要说:要么,建筑物保留它们的实用性,在这种情形下就不能被看作艺术品,要么,它们真是艺术品,那么艺术就有权利以它们为骄傲,正如以珠宝匠的产品为骄傲一样。依照我们关于艺术的本质的概念,单是想要产生出在优雅、精致、美好的意义上的美的东西,这样的意图还不算是艺术;我们将会看到,艺术是需要更多的东西的;所以我们无论怎样不能认为建筑物是艺术品。建筑是人类实际活动的一种,实际活动并不是完全没有要求美的形式的意图,在这一点上说,建筑所不同于制造家具的手艺的,并不在本质性的差异,而只在那产品的量的大小。

雕塑与绘画

雕塑和绘画作品有一个共同缺点,使它们不及自然和生活的产物,——它们都是死的、不动的;这已是一致公认的,因此,对于这一点无须再加详论。我们倒不如来探究一下以为这两门艺术胜过自然的那种谬见吧。

雕塑描绘着人体的形状;雕塑中的一切其余的东西都是附属的;因此,我们只谈雕塑是怎样描绘人的外形的。这已成为不易之论,说麦第西或弥罗斯的维纳斯、贝威地尔的阿波罗①等神像的轮廓的美胜过活人的美。在彼得堡既没有麦第西的维纳斯,也没有贝威地尔的阿波罗,但是有卡诺瓦②的作品;所以我们彼得堡的居民,也敢于在某种程度上判断雕塑作品的美。我们不能不说,彼得堡没有一个塑像在面孔轮廓的美上不是远逊于许多活人的面孔的,一个人只消到任何一条人多的街上去走一走,就可以遇见好些那样的面孔。大多数惯于独立思考的人都会同意这话是对的。但是我们不把这种个人的印象当作证据。另外有一个更确凿得多的证据在。可以用数学式的严格性来证明,艺术作品在轮廓的美上绝比不上活人的面孔;如所周知,在艺术中,完成的作品总是比艺

①　麦第西的维纳斯像为希腊雕刻家克莱阿美纳斯(Cleomenes)所刻,作于纪元前220年。弥罗斯为一海岛,属希腊,1820年在那里发现一个维纳斯塑像,其作者与创作年代不明。贝威地尔为梵蒂冈一陈列馆,所藏阿波罗像最为著名。

②　卡诺瓦(A. Canova,1757—1822),意大利雕刻家。

术家想象中的理想不知低多少倍。但是这个理想又决不能超过艺术家所偶然遇见的活人的美。"创造的想象"的力量是很有限的：它只能融合从经验中得来的印象；想象只是丰富和扩大对象，但是我们不能想象一件东西比我们所曾观察或经验的还要强烈。我能够想象太阳比实在的太阳更大得多，但是我不能够想象它比我实际上所见的还要明亮。同样，我能够想象一个人比我见过的人更高、更胖，但是比我在现实中偶然见到的更美的面孔，我可就无从想象了。那是超乎人的想象力之外的。艺术家只能做一件事：他能凑合一个美人的前额、另一个的鼻子、第三个的嘴和下颚成为一个理想的美人；我们不想争论艺术家有时是否果真这样做，但是我们怀疑：第一，那是否必要，第二，想象是否能够凑合那些部分，如果它们真是属于不同的面孔的话。这样的办法只有在一种情形下是需要的，就是：艺术家恰巧尽是遇见这样的面孔，它只有一部分是美的，所有其他部分都丑。但是，通常一副面孔上所有的部分几乎都是同样美或几乎同样丑，因此艺术家要是满意，比方说，前额，那么他也会几乎同样满意鼻子和嘴的轮廓。通常，如果一副面孔没有破相，那么它所有的部分都会如此的和谐，破坏这个和谐便会损害面孔的美。比较解剖学告诉了我们这个。不错，常常听见这样的话："要是那鼻子再高一点，嘴唇再薄一点，那该是一副多美的面孔呀！"诸如此类；——毫无疑问，有时一副面孔各方面都美，只有一个地方不美，我们以为，这样的不满通常是，或者毋宁说总是，不是由于没有能力理解和谐，便是由于好责备求全，这近乎没有任何真正的、强烈的欣赏美的能力和要求。人体的各部分，如同在完整性的影响下不断新生的任何活的有机体的各部分一样，彼此间有极密切的联系，因而一部分的形式依赖其他各部分的形式，而其他各部分的形式反过来又依赖这一部分的形式。一个器官的各部分，一副面孔的各部分，更是如此。我们已经说过，外形的互相依赖性是为科学所证明了的，但即使没有科学的帮助，凡是有和谐感的人,也都能明白这一点。人体是一个整体;它不能被肢解开来,我们不能说:这一部分美,那一部分不美。在这里,正如在许多其他情形下一样,选配、镶嵌、折衷,会招致荒谬的结果。要么,你取其全,要么,你一无所取,——只有这样,你才是对的,至少从你自己的观点看来是对的。折衷主义的标准只适用于残废者,残废者原是折衷的人物。他们当然不能做"伟大雕塑作品"的模特儿。假如一个艺术家为他的塑像选取某个人的前额、另一个人的鼻子、第三个人的嘴,那只是证明他自己缺少审美力,或者至少是不善于寻找真正美的面孔做模特儿。根据上述的理由,我们认为,一个塑像的美决不能超过一个活人的美,因为一张照片决不能比本人更美。不错,塑像不一定是模特儿的忠实的画像;有时"艺术家将他的理想体现在他的塑像上",——但是往后我们还有机会来说,艺术家的理想,不同于他的模特儿,是怎样产生的。我们不要忘记,塑像除了面部轮廓以外,还有配置和表情;但是这两个美的因素,我们可以看出,在绘画中比在塑像中更能充分表现;因此,待我们下面说到绘画的时候,我们再来分析。

从我们这个观点看来,我们需要把绘画分成描写个别人像和群像的绘画,分成描写外在世界的绘画和描写在风景中,或者用一般的名词说,在背景中的人像和群像的绘画。

至于说到单个的人像的轮廓,那么应该承认,绘画不但不及自然,而且不及雕塑;它不能像雕塑那样充分地、明确地描摹人像。但是,因为有颜色可任意使用,比起雕塑来,它所描绘的人更近似活的自然中的人,而且它能赋予面部更多的表情。我们不知道将来颜料的调和会达到怎样一个完美的程度;但是在目前这方面的技术情况下,绘画还不能把人体的肤色,尤其是面孔的颜色很好地描出来。绘画的颜色比之人体和面孔的自然颜色,只是粗糙的可怜的模仿而已;绘画表现出来的不是细嫩的肌肤,而是些红红绿绿的东西;尽管就是这样红红绿绿的描绘也需要非凡的"技巧",我们还是得承认,死的颜色总是不能把活的躯体描绘得令人满意。只有一种色度,绘画还可以相当好地表现出来,那就是衰老或粗糙的面孔的干枯的、毫无生气的颜色。在绘画中,病容或麻脸也比鲜嫩年轻的面孔令人满意得多。绘画把最好的东西描绘得最坏,而把最坏的东西描绘得最令人满意。

对于面部的表情,也同样可以这样说。比描绘其他的生命的色度更好,绘画可以描绘出在非常强烈的情绪中的面部的痉挛,例如愤怒、恐怖、凶恶、酗酒、肉体的痛苦,或转为肉体痛苦的精神痛苦;这是因为在那些情况之下,面容在起剧烈的变化,粗粗的几笔就足以描绘出它们,并且细微的不准确或者细节上的缺陷在粗大的笔触下会看不出;在这里,就是最粗略的暗示也会为观众所领会。绘画描摹疯狂、呆笨或迷惘,也比描摹其他表情的色度更令人满意;因为这里几乎没有什么可以表现,或者所要表现的只是不和谐而已,而不完美的描绘对于不和谐只有益而无损。面部的一切其他变化,绘画都描绘得非常令人不能满意,因为它决不能表达筋肉上的一切细微变化的那种线条的精细、那种和谐,而平静的快乐、沉思、愉快等等表情就是有赖于这些变化的。人类的手很粗鲁,只有做那不需要精雕细琢的工作,才能做得满意。"大刀阔斧"是一切造型艺术的适当名词,我们只要将它们和自然一比就知道。但是绘画(和雕塑)不仅拿它的人像轮廓和表情来向自然夸耀,还拿它的群像来夸耀。这种夸耀就更不合理了。不错,艺术在配置一群人像上有时是无可指摘地成功的,但是它没有理由以这种非常稀少的成就自负;因为在现实中任何时候都没有这方面的失败:在任何一群活人里面,他们每一个人的行动都依照着:(一)他们当中所发生的事情的本质;(二)个人性格的本质;(三)环境。在现实生活中,这一切总是自然而然地为人所遵守的,而在艺术中只有经过很大的困难才能获得。在自然中是"总是自然而然地",在艺术中却是"稀有而且要经过极大的努力"，——这个事实几乎在一切方面都是自然和艺术的特点。

现在我们来看一看描绘自然的绘画吧。人决不能把物体的轮廓用手描绘得或甚至想象得比我们在现实中所见到的更好；理由我们已经在上面说过了。想象决不能想出任何一朵比真的玫瑰更好的玫瑰；而描绘又总是不及想象中的理想。有些物体的颜色，绘画能够表现得很好，但是有许多物体的颜色却非绘画所能传达。一般说来，黑暗的颜色和粗糙的色度，绘画表现得较好；浅淡的颜色较坏；阳光照着的物体的色彩最坏；描绘正午天空的蔚蓝、晨曦和夕阳的玫瑰色与金黄色，也总是不成功的。"可是伟大的艺术家正是要克服这些困难，才能获得他们的声誉呀。"——那就是说，比其他的画家要更善于克服这些困难。但是我们所谈的并不是绘画的相对价值，而只是拿最好的绘画来和自然相比。正如最好的画要比其他的画好，最好的画比自然又要差一些。"但是绘画总能够把一处风景描绘得更好吧？"我们怀疑这一点。至少，我们到处都遇得着自然的图画，其中是丝毫不能有所增减的。许多终身研究艺术而忽视自然的人的说法却两样。但是，任何一个人，只要他那朴素的自然感情没有被艺术家或艺术欣赏家的偏见所影响，都会同意我们说，自然中有许多的情境和景象，人只能叹赏它们，而找不出任何可以指摘的地方。就以一座美好的森林为例，——且不说美洲的大森林，就只说那被人手斫丧过的森林、我们欧洲的森林，——这种森林有什么地方不好呢？谁看见一座美好的森林，会想到要改变它的某些地方，或者要加添某些东西，以求得充分的美的享受呢？试沿着任何大路作一次二三百俄里的旅行吧，——我们且不说克里米亚或瑞士，不，我们只说俄国的欧洲部分，据说那里是毫无风景可言的，——即使在那么一个短短的旅途中，你也会碰到许多使你陶醉的地方，在你欣赏它们的时候，你决不会想："假如我们在这里加上这个，又在那里去掉那个，那么风景就更美了。"一个具有纯洁的美感的人能充分地欣赏自然，决不会在自然的美中找出什么缺陷。认为一幅风景画可能比真正的自然更雄伟、更秀丽，或者在任何方面都胜过自然的那种看法，多少是由于一种成见（现在就是那些实际上还没有摆脱这种成见的人，也都洋洋得意地对之加以嘲笑了），以为自然是粗糙、低劣、龌龊的，要使它变得高贵，就必须洗净它、装饰它。这就是人工花园所依据的原则。认为风景画胜过自然风景的那种看法的另一根源，等到后面我们谈及艺术作品给予我们的快感究竟是什么的问题时，再来分析。

我们还需要看一看第三类绘画——描绘风景中的一群人像的绘画对自然的关系。我们已经看到，绘画所表现的群像和风景在构思上决不能超过我们所看到的现实，在描绘上又总是远逊于现实。但是有一点却说得有理，就是：在绘画中，人物能够被配置在比通常现实环境更有效，甚至更适合于他们的本质的环境中（通常，欢乐的场面时常发生在有些暗淡的，甚至悲伤的环境中；惊人的、庄严的场面常常，甚至于多半，发生在并不庄严的环境中；相反地，一处风景常常缺乏适合它的性质的人物）。艺术很容易填补这个缺陷，所以我们要说，在这个场合，艺术优越于现实。但是，我们虽然承认这个优越之处，却还必须考虑到，第一，这一点重要到什么程度；第二，这是否永远是真正的优越。——在一幅描绘风景和一群人像的绘画上，通常的情形，要么是，风景只是群像的框子，要么是，群像只是次要的陪衬，画中主要的东西是风景。在第一种情形下，艺术之优越于现实只是限于它替这画找到了一个镀金的框子，而不是普通的框子；在第二种情形下，艺术只是增加了一种也许是美的，但是次要的陪衬，——这个收获仍旧不很大。当画家竭力给予一群人物以适合他们的性格的环境的时候，画的内在意义就真的会增高吗？在大多数情形下，这是很可怀疑的。幸福的爱情的场面总是被灿烂的阳光照耀着，出现在可爱的青草地上，而且总是在"整个自然都弥漫着爱情的气氛"的春天，而罪恶的场面总是被闪电照耀着,出现在荒野的悬崖绝壁之中,这种表现法不是太千篇一律了吗?而且,现实中所常见的那种环境与事件性质之间的不甚协调,不是正足以加强事件本身给人的印象吗?环境不是几乎常常能影响事件的性质,给予事件以新的色度,给予它以更多的活力和更多的生命吗?

从这些关于雕塑和绘画的考察中得来的最后结论是:我们可以看出,这两种艺术作品在许多最重要的因素方面(如轮廓的美、制作的绝对的完善、表情的丰富等等)都远远不及自然的生活;除了绘画占有一个不大重要的优越之点,如我们刚才所说的以外,我们完全看不出雕塑或绘画有什么地方可以超过自然和现实生活。

现在我们要谈谈音乐和诗——使绘画和雕塑相形见绌的最高、最完美的艺术。

但是我们首先得注意一下这个问题,即器乐与声乐之间有什么样的关系,和在什么情形之下,声乐才能称为艺术的问题。

音　乐

艺术是人借以实现他对美的渴望的一种活动。——这就是艺术的通常的定义;我们并不同意这个定义;但是因为我们还没有把我们的评论完全展开,我们就还没有权利废除这个定义,而往后用我们认为更正确的定义来代替这里所用的定义时,我们也还是不会改变我们关于下列问题的结论,即:歌唱是否在任何时候都是一种艺术,在什么情况下它才是艺术?诱导人去歌唱的第一个要求是什么?那里面多少含有对美的渴望吗?在我们看来,这个要求是与对美的欲望完全不同的。一个人在平静的时候是可以沉默寡言的。一个人在悲欢情感的影响之下却变成健谈的了;不但如此:他简直非流露他的情感不可——"情感要求表现"。这些情感怎样向外在世界表现呢?各色各样地,看情感的性质如何而定。骤然的和震惊的感觉是用叫喊或惊叹来表现的；不快的感觉到了肉体痛苦的程度，是用各种怪脸和动作来表现的；强烈的不满的情感，也是用不安静的、猛烈的动作来表现的；最后，悲欢的情感，有人对谈时用语言，无人对谈或本人不愿谈话时用歌唱。这种见解在任何关于民歌的论文中都可以见到。奇怪的是，人们竟没有注意下面这个事实：歌唱实际上是一种悲欢的表现，决不是由于我们对美的渴望而产生的。难道一个人处在情感的强大影响之下，还会想到讲求美妙、优美，还会去注意形式吗？情感和形式是互相矛盾的东西。单从这一点，我们就可以知道，歌唱是情感的产物，艺术却注意形式，所以它们是两种完全不同的东西。歌唱像说话一样，原本是实际生活的产物，而不是艺术的产物；但是，像任何其他的"技能"一样，歌唱为了达到高度的完美，要求熟练、训练和练习；又和所有的器官一样，歌唱的器官——嗓子——要求改进、锻炼，使之成为意志的顺从的工具，于是，在这一点上说，自然的歌唱就变成"艺术"了，但也只是在这个意义上，如同写字、绘图、计算、耕地以及一切实际活动都被称为"艺术"的这个意义上，而完全不是美学上所说的"艺术"。

但是和自然的歌唱相对照，还有人工的歌唱，它极力模仿自然的歌唱。情感常常使每一件在它影响之下产生的事物具有特别的、浓厚的趣味；它甚至使事物具有特别的魅力、特殊的美。一副喜笑颜开或愁眉深锁的面孔，比一副冷酷无情的面孔美得多。自然的歌唱，作为一种情感的表现，虽是自然的产物而不是讲究美的艺术的产物，却反而具有高度的美；有目的地去歌唱、去模仿自然的歌唱的欲望就是由此而来的。这种人工的歌唱与自然的歌唱到底有什么关系呢？人工的歌唱是更多地苦心经营过、估量过，用人的天才所能尽到的一切力量润饰过的：意大利歌剧的抒情曲与民歌的朴素、贫弱、单调的旋律有多么大的差别！——但是，纵然一个出色的抒情曲和声很讲究，曲调展开很优美，润色又很富丽，纵然表演者的声音柔和而又不可比拟的丰富,都不能补偿真挚情感的欠缺,这种情感浸透于民歌的简单曲调中,浸透于歌唱者的朴素无华、未加训练的声音中,他唱,并非想要炫耀才华,表现他的声音和技巧,而只是由于他需要流露他的情感。自然的歌唱和人工的歌唱的区别,正如同扮演快乐或悲伤角色的演员和实际上快乐或悲伤的人的区别,即是原本和抄本、真实和模仿的区别。我们得赶快补充说:作曲者也许真的充满了他的作品所要表现的情感,因而他能够写出一些不单在外在的美上,而且在内在的价值上也远远超过民歌的东西;在这种情形下,他的曲子就是一件艺术作品或"圆熟"的作品,但也只是就它的技术方面而言,只是在下面这种意义上而言:凡是人们经过深思熟虑、专心致志、"力求其好"所创造出来的作品,都可以叫做艺术作品;但在本质上,作曲者在自发的情感的强大影响之下所写的作品,一般地只能算是自然(生活)的产物,不能算是艺术的产物。同样,一个熟练的富于感情的歌唱者能够钻进他所担任的角色里面去,内心充满歌中所要表现的感情,在这情形下,他登台当众歌唱,唱得比另外一个不登台当众、仅仅由于表现丰富的情感而歌唱的人更好;但是在这种情形下,那歌唱者就不再是一个演员,他的歌唱变成了自然本身的歌唱,而不是艺术作品。我们没有意思要把这种情感的陶醉和灵感混为一谈:灵感是对创造的想象特别有利的一种境界;它和情感的陶醉中间唯一共同之点是:在赋有诗才并且特别富于感情的人,当引起灵感的对象使人情感激动的时候,灵感可以变为情感的陶醉。灵感和情感之间的区别,正如想象和现实、幻想和印象之间的区别一样。

　　器乐本来的和主要的目的是作为歌唱的伴奏。不错,到后来,当歌唱主要地成为社会上流阶级的艺术,而听众对于歌唱的技术又要求更苛的时候,因为缺乏令人满意的声乐,器乐便代替声乐而独立起来;这也是真的:因为乐器的完备,乐器演奏技术的特别发达,以及人们对于演奏(不管内容如何)的普遍的偏爱,器乐具有充分的权利来要求它的独立性。虽然如此，器乐和声乐的真正关系，仍然保留在作为音乐艺术之最完善的形式的歌剧里面和一些其他公开演奏的音乐部门里面。人不能不注意到，不管我们的趣味多么虚矫，也不管我们对困难而灵巧的优秀技术的高雅的嗜好，每个人还是爱好声乐甚于爱好器乐：歌唱一开始，我们便不再注意乐队。提琴比一切乐器更为人所爱，就是因为它"比一切乐器更接近人的声音"，对于演奏者最高的赞美就是说："在他的乐器的声音里听得到人类的声音。"可见器乐是声乐的一种模仿，是声乐的附属品和代替物；作为艺术的歌唱又只是自然歌唱的模仿和代替物。因此，我们有权利说，在音乐中，艺术只是生活现象的可怜的再现，生活现象是与我们对艺术的渴望无关的。

诗

现在我们来谈谈诗，这一切艺术中最崇高、最完美的艺术吧。诗的问题包括着艺术的全部理论。以内容而论，诗远胜于其他的艺术；一切其他的艺术所能告诉我们的，还不及诗所告诉我们的百分之一。但是，当我们把注意转移到诗和其他艺术在人身上所产生的主观印象的力量和生动性的时候，这种关系就完全变了。一切其他艺术，像活的现实一样，直接作用于我们的感觉，诗则作用于想象。有些人的想象比别人更为敏锐和活跃，但是一般地应当说，在健康的人，想象的形象比起感觉的印象来是暗淡无力的；因此应该说，在主观印象的力量和明晰上，诗不仅远逊于现实，而且也远逊于其他的艺术。但是让我们来研究一下诗歌作品的内容和形式的客观的完美的程度如何，看它在这方面能不能和自然相比吧。

关于伟大的诗人们所描写的人物和性格的"完美"、"个性"

和"生动明确",人们已经谈论得很多。同时,人们又告诉我们,"这些都不是个别的人物,而是一般的典型;"根据这句话就无须证明:诗歌作品中描画得最好的最明确的人物,仍然只是一个一般的、轮廓不明确的略图,不过由读者的想象(实际上是回忆)给予它以生动的、明确的个性而已。诗歌作品中的形象对于真实的、活的形象的关系,一如文字对于它所表示的现实对象的关系,——无非是对现实的一种苍白的、一般的、不明确的暗示罢了。许多人认为诗的形象的这种"一般性",就是它优越于我们在现实生活中所碰见的人物的地方。这种意见的根据是事物的一般意义和它的生动个性之间的假想的矛盾,是这样一种假定:以为在现实中,"一般的东西一经个性化,就失掉了它的一般性,"而"只有凭着艺术的力量才又重新升到一般,因为艺术剥夺了个人的个性"。我们不想进入一般和特殊之间的因果关系究竟如何这种形而上学的讨论(而且那必然会得到这样的结论:对于人来说,一般不过是个别的一种苍白的、僵死的抽象,因此它们之间的关系就是文字和现实的关系),我们只要说:实际上,个别的细节毫不减损事物的一般意义,相反,却使它的一般意义更活跃和扩大;无论如何,诗既然力图给予它的形象以活生生的个性,就正是承认个别事物的高度优越性;可是诗决不能达到个性,而只能做到稍稍接近它,而诗的形象的价值就取决于这种接近的程度如何。这样看来,诗是企图但又决不能达到我们在现实生活中的典型人物身上常常见到的东西的,因此,诗的形象和现实中的相应的形象比较起来,显然是无力的,不完全、不明确的。"但是,人能够在现实中找到真正的典型人物吗?"——问题这样提法是不需要回答的,正像人是不是真正能够在生活中找到好人和坏人、败家子、守财奴等,和冰真是冷的吗、面包真是滋养的吗等等问题一样。对于有些人,一切都得加以说明和证实。但是这样的人不能用一般著作中一般的论证来说服;对于他们,一切都得分别加以证明，只有从他们的熟人当中，从那些不管圈子怎样狭小、总会找到几个真正的典型性格的人当中举出来的特殊例证，才能说服他们；指出历史上的真正的典型人物，也不见得有用，有些人会说："历史人物是被传说、被同时代人的赞赏、历史家的天才或他们本身的特殊地位美化了的。"

认为典型性格在诗中被描写得比现实生活中所出现的更完全、更好的那种意见的来源，我们留到以后再研究；现在，让我们把注意力转移到诗中的性格所由"创造"的过程上来，因为这通常是被当作这些形象具有比活的人物更大的典型性的保证的。人们通常说："诗人观察了许多活生生的个人；他们中间没有一个可以作为完全的典型；但是他注意到他们中间每一个人身上都有某些一般的、典型的东西；把一切个别的东西抛弃，把分散在各式各样的人身上的特征结合成为一个艺术整体，这样一来，就创造出了一个可以称为现实性格的精华的人物。"假定这一切是完全正确的，而且总是如此的吧；但是事物的精华通常并不像事物的本身：茶素不是茶，酒精不是酒；那些"杜撰家"确实就是照上面所说的法则来写作的，他们给我们写出的不是活生生的人，而是以缺德的怪物和石头般的英雄姿态出现的、英勇与邪恶的精华。所有，或是几乎所有的青年人都恋爱，那是他们的一般的特性，在一切其他的事情上面，他们是各不相同的，于是在所有的诗歌作品里，我们就读到少男少女总是一心想着和专门谈论着恋爱，在爱情的发展中，他们除了因为恋爱而遭受痛苦或享受幸福以外，再没有别的事可做了；所有的年纪较大的人都喜欢发议论，此外他们之中就没有共通的东西；所有的祖母都爱她们的孙儿，诸如此类，于是一切中篇和长篇小说里就充满了只发议论的老人、只宠爱孙儿的祖母等等。可是人们多半不完全遵照这个药方：诗人"创造"性格时，在他的想象面前通常总是浮现出一个真实人物的形象，他有时是有意识地、有时是无意识地在他的典型人物身上"再现"这个人。为证明这点，我们可以指出无数的作品,其中的主要人物都多少是作者自己的真实画像(例如浮士德、堂·卡罗斯和波查侯爵①、拜伦的男主人公、乔治·桑的男女主人公、连斯基、奥涅金②、皮巧林③);我们也应当提起对小说家的常有的责难,说他们"在小说中展示了他们的熟人的肖像";这种责难常常被人用嘲笑和愤慨的态度加以否认,其实它们多半只是说得夸张和偏颇罢了,并不是根本不正确的。一方面是礼貌,另一方面是一种喜爱独立、喜爱"创造而不临摹"的人之常情,使诗人改变他从生活中所碰见的人物身上描摹下来的性格,把它们写得比实在的多少不同一些;而且,根据真人描摹出来的人物,通常在小说中不能不在那和实际上围绕着他的环境全然不同的环境之中活动,因此外在的相似就消失了。可是所有这些改变,都无碍于人物本质上依然是一个模拟的而不是创造的肖像,不是原来之物。对于这一点你也许要说:固然真人常常是诗中人物的蓝本,但是诗人"把他提高到了一般的意义",——这提高通常是多余的,因为那原来之物在个性上已具有一般的意义;人只须能够理解真人的性格的本质,能用敏锐的眼光去看他就行了,而这正是诗的天才的特征之一;此外,还必须理解或体会这个人物在被诗人安放的环境中将会如何行动和说话,这是诗的天才的又一面;第三,必须善于按照诗人自己的理解去描写和表现人物,这也许是诗的天才的最大特征。去理解,能够凭着本能去揣度或体会,并且把所理解的东西表达出来,——这就是诗人在描写大多数人物的时候所碰到的课题。至于什么叫"提高到理想的意义"、"把平凡无聊的生活加以美化"等问题,且留待后面讨论。可是我们毫不怀疑诗歌作品中有许多人物不能称为肖像,而是诗人所"创造"的这个事实。但这决不是由于现实中没有相应的模特

---

① 堂·卡罗斯和波查侯爵,席勒所作戏剧《堂·卡罗斯》中的人物。
② 连斯基、奥涅金,普希金的《叶甫盖尼·奥涅金》中的人物。
③ 皮巧林,莱蒙托夫所作小说《当代英雄》之主人公。

儿，而完全是由于另外的原因，最常见的是由于缺乏记忆力或不够熟悉：如果生动的细节从诗人的记忆中消逝了，只留下人物的一般的、抽象的概念，或者诗人关于那典型人物知道得太少，使他不能写出一个活生生的人物，他只好填上大概的轮廓，绘出一幅略图来。但是这种虚构的人物差不多从来不会像活生生的人一样在我们面前显现出来。总之，关于诗人的性格、生平和他所接触的人们，我们知道得愈多，就愈能在他的作品中看出活人的肖像。在诗人所描写的人物中，不论现在或过去，"创造"的东西总是比人们通常所推测的少得多，而从现实中描摹下来的东西，却总是比人们通常所推测的多得多，这一点是很难抗辩的。从诗人和他的人物的关系上来说，诗人差不多始终只是一个历史家或回忆录作家，这也是我们常常会得到的一个信念。自然，我们的意思并不是说，玛甘泪或靡非斯特①所说的每一句话，都确确实实是歌德从甘泪卿似的人物和梅尔克②那里听来的。不只是一个天才诗人，就是一个最笨的说书者，也能够增添同类的词句，补充开场白和转折语。

所谓"创造"

在诗人所描写的事件中，在情节及其伏线和结局等等中，有着更多得多的"独出心裁"或"虚构"的东西——我们决定用这两个名词来代替那个过于夸耀的常用名词"创造"，——虽则显而易见：长篇小说、中篇小说等的情节，往往是诗人从真实的事件或逸事和各种故事等等中借来的（例如，普希金的散文故事都是这样：《上尉的女儿》是根据一个逸事，《杜布罗夫斯基》《黑桃皇后》《射击》等也是这样）。但是情节的轮廓本身还不足以给予一个长篇

---

① 玛甘泪（即甘泪卿）和靡非斯特，歌德的《浮士德》中的人物。
② 梅尔克（J. H. Merck, 1741—1791），德国作家和批评家，歌德的好友，靡非斯特这个形象是歌德以梅尔克为模特描写出来的。

或中篇小说高度的诗的价值,还要善于利用情节;因此,我们要抛开情节的"独立性",把注意力转移到这个问题上来:从诗人充分发展了的情节上看,诗歌作品是否比实际事件更富于"诗意"。为了有助于达到最后结论,我们要提出几个问题,虽然这些问题的大部分是不解自明的:(一)现实中有富于诗意的事件吗?现实中有戏剧、小说、喜剧、悲剧、闹剧吗?——每分钟都有。(二)这些事件在发展和结局上,真正是诗意的吗?在现实中,它们是不是具有艺术的完美和完全?——这要看情形而定,不过具有这种完美和完全的时候更多。有许多事件,就是从严格的诗的观点来看也找不出在艺术方面的任何缺陷。这一点可以见之于第一次读一本写得很好的历史书或与一个阅历丰富的人共一夕话;最后,又可以见之于随便哪一期的英、法法庭公报。(三)在这些完美的诗意的事件中,有不需任何改变,就可以在"戏剧""悲剧""小说"等等名目之下加以重述的事件吗?——很多;固然,有许多真实事件是令人难以置信的,是由于非常稀有的特殊情势或各种情况的巧合而发生的,因此,以它们的本来面目而论,恍若是一篇神话或不合情理的虚构的作品(由此可见:现实生活对于一篇戏剧来说,常常是戏剧性太多,对于一篇诗歌来说,又常常是诗意太浓);但是也有许多事件,尽管是那么巧妙,却没有什么怪诞和不可置信的地方。各种事故的结合、诗歌中所谓的情节的整个进程和结局,都是简单而自然的。(四)真实事件有没有诗歌作品所必不可少的"一般的"一面呢?——自然,每一个值得有思想的人注意的事件都有这样的一面;而且这样的事件是很多的。

因此我们不能不说:现实中有许多的事件,人只须去认识、理解它们而且善于加以叙述就行,它们在历史家、回忆录作家或逸事搜集家的纯粹散文的叙述中不同于真正的"诗歌作品"的,只有下面几点:它们比较简洁,场景、描写以及诸如此类的细微末节的发展较少。而这就是诗歌作品和真实事件的精确的散文叙述的主要区别。细节的较丰富，或者像在那些坏作品中所称呼的"修辞的铺张"，这实际上就是诗歌胜过真实叙述的地方。我们也和任何人一样很想嘲笑修辞学；但是，我们承认人类心灵的一切需要都是合法的，并且知道它是怎样的普遍，我们要承认这种诗的铺张的重要性，因为我们随时随地都看到诗歌中有一种喜欢铺张的倾向：在生活中这些细节也总是存在，虽然它们对于故事的实质并不重要，对于故事的实际发展却是必要的；因此，在诗中也应该有它们的地位。唯一的区别是，在现实中，细节决不是事件的故意的、机械的铺张，而在诗歌作品中，细节实际上却常常带有修辞的味道，像是故事的机械的铺张。莎士比亚之被赞美，不正是因为他在他那些最重要、最出色的场景中舍弃了这一切缛说繁词吗？但就在莎士比亚、歌德和席勒的作品中，也仍然有多少这样的词句啊！也许是因为对本国的东西有些偏爱吧，在我们看来，俄国诗歌倒包含着一种讨厌机械地铺陈细节以拉长故事的萌芽。普希金、莱蒙托夫和果戈理的中短篇小说有一个共同的特点——叙述简洁明快。这样，总括起来可以说，在情节、典型性和性格化的完美上，诗歌作品远不如现实；只有在两方面，诗歌作品可以胜过现实：一是能够修饰点缀，其次是能使人物和他们所参与的事件结合得较好。

我们已经说过，绘画比现实更常常能给一群人物提供一个适合于场景中的主要性格的环境；同样，诗歌中所描写的事件的推动者和参与者，其主要性格总是完全适合于事件的精神的，在现实中却不一定如此。在现实中，性格渺小的人物往往是悲剧、喜剧等等事件的推动者；一个微不足道的浪子，本质上甚至完全不算是坏人，却可以引起许多可怕的事件；一个决不能叫做坏蛋的人可以毁坏许多人的幸福，他所引起的不幸事件可能比埃古或靡非斯特所引起的更多得多。相反地，在诗歌作品中，坏事总是坏人所做，好事总是好人所为。在生活中，人常常不知道谁该责备，谁应赞美；在诗中，荣誉和耻辱总是分得很清楚。可是，这到底是长处呢还是缺点？——有时是长处,有时是缺点;但多半是缺点。这样一种习惯做法的结果是不是把好坏两方面都理想化了,或者更简单地说,是不是把它们夸张了,这问题暂且不去说它,因为我们还没有讨论艺术的作用,断定这种理想化是缺点或是好处,还嫌过早;我们只想说,在诗歌中,经常使人物性格适应事件性质的结果,形成了千篇一律,人物,甚至于事件本身都变得单调了;因为由于人物性格的多样,本质上相同的事件会获得一种色度上的差异,正如在永远多样化、永远新鲜的生活中所常见的情节一样,可是,在诗歌作品中,人却常常碰到重复。讥笑那种与事物本质无关或对于达到主要目的并非必要的文饰,现在已成为习惯了;可是直到现在,一个成功的词句,一个出色的譬喻,为了给予作品以外表的光彩而想出来的无数的文饰,还是对于诗歌作品博得好评有非常大的影响。至于说到文饰、外表的华丽、错综等等,我们总是承认虚构的故事有可能超过现实。但是人只消指出小说或戏剧的这种虚假的价值,就会使这些作品在有鉴赏力的人的眼睛里大为减色,而且使它们从"艺术"的领域贬入到"矫饰"的领域。

艺术价值的夸张

我们的分析已经证明,艺术作品仅只在二三细微末节上可能胜过现实,而在主要之点上,它是远远地低于现实的。唯一可以责难我们的,是我们的分析还仅仅局限于一般的观点,没有深入细节和旁征博引。当我们想到认为艺术作品的美高于现实事物、事件、人物的美的这种意见是如何根深蒂固的时候,那我们的分析的简略诚然是一个缺点;但是,倘若你看一看这种意见是如何站不住脚,想一想持这种意见的人是如何处处自相矛盾,那么,在我们说完认为艺术胜过现实的意见之后,只要添上一句:"这是不正确的,"似乎就足以使大家明白,现实生活的美是超过"创造"的想象之产物的美了。但如果是这样，那么，对于艺术作品的价值的夸张的意见，它的根据，或者毋宁说它的主观的理由，究竟是什么呢？

这种意见的第一个根源，是非常重视困难的事情和稀有的事物的人之常情。没有人重视一个法国人说法语或是一个德国人说德语时的纯正的发音，——"这在他毫不费力，一点也不稀奇"；但是如果一个法国人说德语，或是一个德国人说法语说得相当好，这就成为我们赞赏的对象，使这个人有权利多少受到我们的尊敬了。为什么？第一，因为这是稀有的事，第二，因为这是多年努力的结果。其实，几乎每一个法国人说法语都说得很好，——但在这种情形下，我们的要求多么苛刻！——只要他说话时带有一点点几乎觉察不出来的乡音，有一句不太优美的话，我们就要说："这位先生的国语说得很坏。"一个俄国人说法语，每一个声音都暴露了他和完全纯正的法语发音是无缘的，在字句的选择、词句的构造以及话语的整个结构上，时时刻刻都显出他是一个外国人，但是这一切缺点我们都原谅他，甚至不加注意，并且宣称他说法语说得无比的出色，到最后，我们简直要宣称"这个俄国人说法语比法国人还说得好"，实际上我们一点也没有把他跟真正的法国人去比较的意思，只是拿他跟其他也在努力学说法国话的俄国人相比罢了，他确实比其他的俄国人说得好，但比起法国人来却差得很远，——这是每一个明白事理的人都懂得的事；但是，许多人都被这种夸张的说法迷惑了。在关于自然的产物和艺术的产物的美学判断中，也是同样的情形：一个自然的产物有些微实在的或假想的缺陷，美学就要议论这个缺陷，为它所困惑，竟至忘记了自然的一切优点和美：其实这有什么值得重视的呢，它们的产生又没有费一点力！在一件艺术作品中，这同样的缺陷也许要严重一百倍，而且还被许多其他的缺陷围绕着，但是我们并不注意这一切，即使注意到，也会原谅它，而且声言："太阳上也有黑点呀！"其实，在确定艺术作品的相对的价值时，只能拿这些作品相互比较；其中有的比所有别的都好,在赞赏它们的美(只是相对的)时,我们叫道:"它们比自然和生活本身还美! 现实的美在艺术的美面前黯然无色了!"但是这种赞赏是偏颇的;它越出了公平的范围:我们重视困难,那是对的;但是我们也不应忘记那并不以遭遇的困难的程度为转移的本质的、内在的价值;如果我们重视事情的困难甚于重视它的价值,我们是绝对不公正的。自然和生活产生美,但并不讲求美,这种美的产生确实是没有费力的,因此它在我们的眼中没有价值,没有获得我们的同情和宽容的权利;既然现实中有这样多的美,为什么要宽容呢?"现实中不完全美的一切——是坏的;艺术中勉强可以的一切——是最好的。"我们是依据这样一条法则来判断的。为了证明人们是多么重视事情的困难,而那种无须我们任何努力自然而来的东西,在人们眼中是如何大大地受到贬损,我们想举出照片为例:有许多照片不但照得逼真,而且完全传达了面部的表情,但是我们重视它们吗? 听到人家为照片辩护,我们甚至会觉得奇怪。另外一个例证:书法曾经是怎样地受重视! 可是,就是一本印刷得平平常常的书,也要比任何抄本美丽得多;但是有谁叹赏排印人的手艺,而且谁不是欣赏一个漂亮的抄本远甚于欣赏一本印得很好的、比抄本漂亮得多的书呢? 容易得到的东西很少使我们感到兴趣,纵令它的内在价值远远超过辛苦得来的东西。自然,就是从这个观点看,我们也仅仅在主观上是正确的:"现实产生美的时候毫不费力。"——这话的意思只是说,在这种情形下人类意志方面没有出力;可是,事实上,现实中的一切,不论是美的还是不美的,伟大的还是渺小的,都是高度紧张、不知疲倦的努力的结果。但是,做那些努力和斗争的并不是我们,那与我们的意识无关,干我们什么事? 我们一点也不想知道它们;我们只尊重人类的力量,只尊重人。这就是我们对艺术作品的偏爱的第二个根源:艺术作品是人的产物;因此我们才以它们为骄傲,把它们看做接近我们自己的东西;它们是人的智慧和能力的明证,因此对于我们是宝贵的。除了法国人,所有的民族都可以清楚地看到:高乃依或拉辛比起莎士比亚来望尘莫及;只有法国人到现在还是拿他们相比,——要认识"自己的东西并没有达到完美的境地",是困难的;一定有许多俄国人会断言普希金是一个世界的诗人,甚至有人认为普希金高于拜伦,人总是这样看重自己的东西的。正如一个民族夸大自己的诗人的价值一样,人类全体也夸张一般的诗的价值。

我们所列举的偏袒艺术的理由是值得尊重的,因为那是自然的理由:人怎能不尊重人类的劳动,不爱人,不珍视那足以证明人的智慧和能力的产物呢? 但是我们偏爱艺术的第三个理由恐怕就不应该受到这样的尊重了,这就是:艺术能迎合我们的爱矫饰的趣味。我们深深知道路易十四时代的风尚、习惯和整个思想方式是如何虚矫;我们已更接近自然,我们比十七世纪的社会更理解和重视自然;可是我们还是距离自然很远;我们的习惯、风尚、整个生活方式以及由此而来的整个思想方式,都还很虚矫。要看到自己时代的缺点是很难的,特别是在这些缺点已不像从前那样厉害的时候;我们不去注意在我们身上还有多少高雅的矫饰,只注意十九世纪在这一点上比十七世纪好,对于自然有了更多的理解;我们忘记了病势减轻还不能算是完全痊愈。我们的矫饰在一切事物上都可以看出来,从那人人嘲笑、可又人人都照旧穿着的衣服起,一直到加了各种佐料、完全改变了原来的滋味的我们的食品为止;从我们的口语的洗练,到我们的文学语言的精巧为止;这种文学语言仍然照高乃依和拉辛在小说戏剧中的风格、约翰·密勒①在历史著作中的风格,用对照、机智、老生常谈②的申述,用关于陈腐主题的深奥议论和关于人类心灵的深奥评语,来装饰自己。艺术作品迎合着我们由于对矫饰的爱好而产生的一切细微的要求。我们不讲直

---

① 约翰·密勒(Johann Miller,1750—1814),德国作家。
② 楷体文字在原著中为拉丁文。

到现在我们还是爱去"洗涤"自然,正如十七世纪的人爱去装饰自然一样,——这个问题会把我们引入冗长的讨论:什么是"不洁的",以及它在什么程度内可以为艺术作品所容纳。但是直到现在,细节的精致的修饰仍然在艺术作品中流行,其目的并不是要使细节和整个的精神调和,而只是使每个细节本身更有趣或更美丽,这差不多总是有损于作品的总的印象,有损于它的真实和自然的;琐细地在个别字眼、个别词句和整个插曲上追求效果,给人物和事件涂上不是十分自然的但是强烈的颜色,这也很流行。艺术作品比我们在生活和自然中看到的事物更烦琐,同时却更有声有色,——因此,流行着这样的意见,说艺术作品比现实的自然或生活更美(在自然或生活中,矫饰是那样少,而又不努力去引人兴趣),这又何足怪呢?

艺术的第一目的是再现现实

自然和生活胜过艺术;但是艺术却努力迎合我们的嗜好,而现实呢,谁也不能使它顺从我们的希望——希望看到一切事物都像我们最喜欢,或最符合我们的常常偏颇的概念的那个样子。这种投合流行的思想方式的例证很多,我们只举一个:很多人要求讽刺作品中包含"可以使读者倾心相爱的"人物,这原是一个极其自然的要求;但是现实却常常不能满足这个要求,有多少事件并没有一个可爱的人物参与在内;艺术几乎总是顺从这个要求,例如在俄国文学里面,不这样做的作家,除了果戈理,我们不知道还有没有什么人。就是在果戈理的作品中,"可爱的"人物的缺乏也由"高尚的抒情的"穿插所弥补了。再举一个例:人是倾向于感伤的;自然和生活并没有这种倾向;但是艺术作品几乎总是或多或少地投合着这种倾向。上述的两种要求都是由于人类的局限性的结果;自然和现实生活是超乎这种局限性之上的;艺术作品一方面顺从这种局限性,因而变得低于现实,甚至常常有流于庸俗或平凡的危险,另一方面却更接近了人类所常有的要求,因而博得了人的宠爱。"但是,如此说来,你自己也承认了艺术作品能够比客观现实更好、更充分地满足人的天性;因此,对于人来说,它们胜过了现实的产物。"——这个结论可下得并不正确;问题在于人为地发展了的人有许多人为的要求,偏颇到虚伪狂妄的地步的要求;这种要求不可能完全满足,因为它们实际上不是自然的要求,而是不健全的想象的梦想,投合这些梦想,就是被投合的人都一定要觉得可笑和可鄙的,因为他本能地感觉到他的要求不应当满足。这样,公众和跟随它的美学都要求"可爱的"人物和感伤性,然后这同一公众又嘲笑满足这种欲望的艺术作品。投合人的怪癖并不等于满足他的要求。这些要求中最重要的是真实。

以上我们只是说了在内容和效果方面人所以偏爱艺术作品甚于自然现象和生活现象的根源,可是,艺术或者现实在我们心中所引起的印象也极其重要:事物的价值也要由这种印象的深浅来衡量。

我们已经看到,艺术作品所引起的印象比活生生的现实所引起的印象要微弱得多,这已无须加以证明。可是在这一点上,艺术作品却比现实现象处于有利得多的境地,这种境地可以使一个向来不分析自己的感觉的原因的人假定:艺术本身对人所起的作用比活生生的现实更大。现实出现在我们面前是与我们的意志无关,而且多半是不合时宜的。我们去交际、游玩,常常不是为了欣赏人类的美,不是为了观察人的性格,注视人生的戏剧;我们出门时满怀心事,无暇获取各种印象。但是有谁到绘画陈列馆去不是为了欣赏美丽的绘画呢?有谁看小说不是为了研究书中所描写的人物性格和探究情节的发展呢?我们之注意现实的美和伟大,差不多总是勉强的,哪怕现实本身能够吸引我们那完全投射在别的事物上的视线,哪怕它能够勉强打入我们那给别的事占据了的心。

我们对现实的态度，正如对一个强要和我们认识的讨厌的客人；我们极力避开它。但是有时候，我们的心会因为自己不注意现实而感到空虚，——那时我们就转向艺术，恳求它充实这种空虚；我们自己反倒变成曲意奉承的恳求者了。我们的生活之路上撒满了金币，可是我们没有发现它们，因为我们一心想着我们的目的地，没有注意我们脚下的道路；即令我们发觉了它们，我们也不能够弯身拾起来，因为"生活的马车"制止不住地载着我们向前奔驰，——我们对现实的态度就是如此；但是，当我们到了驿站，寂寞地踱来踱去等待马匹的时候，我们就会很注意地观看那也许根本不值得注意的每一块洋铁牌，——我们对艺术的态度就是如此。我们更不用说，每个人对生活现象的评价都不同，因为在每一个别的人看来，生活只是别人所看不见的一些特殊现象，所以整个社会不能对这些现象作出判决，而艺术作品却是由舆论的法官来判断的。现实生活的美和伟大难得对我们显露真相，而不为人谈论的事是很少有人能够注意和珍视的；生活现象如同没有戳记的金条；许多人就因为它没有戳记而不肯要它，许多人不能辨出它和一块黄铜的区别；艺术作品像是钞票，很少内在的价值，但是整个社会保证着它的假定的价值，结果大家都宝贵它，很少人能够清楚地认识，它的全部价值是由它代表着若干金子这个事实而来的。当我们观察现实的时候，它好像一种完全独立的东西，独自地吸引我们注意，难得让我们有想到我们的主观世界、我们的过去的可能。但是当我看一件艺术作品的时候，我就有主观的回忆的完全自由，而且艺术作品通常都是引起有意识或无意识的幻想和回忆的一种原因。当我看到现实中的悲剧场面的时候，我不会回想到自己的事；而当我读到小说中关于某个人物的死亡的插曲时，我的记忆中就会清晰地或模糊地再现出我亲身经历的一切危险、我的亲人亡故的一切事例来。艺术的力量通常就是回忆的力量。正是由于它那不完美、不明确的性质，正是由于它通常只是"一般的东西"，而不是活的个别的形象或事件,艺术作品特别能够唤起我们的回忆。当我看到一幅不像我的任何熟人的完美的画像的时候,我会冷淡地掉过头去,只说:"还不坏。"但是当我看到一幅仅只约略描出的、不明确的、谁也无法从那里清楚地认出自己的相貌的速写的时候,这贫乏无力的画却使我想起了一个亲爱的人的面容;我对那洋溢着美和表情的生动的面孔只是冷淡地看几眼,而看这幅毫无价值的速写时我却陶醉了,因为它使我想起了我自己。

艺术的力量是一般性的力量。艺术作品还有一方面,使无经验的或短视的人看来,好像艺术是胜过生活和现实现象的,那就是:在艺术作品里面,一切都由作者亲自展露出来,加以说明;但是自然和生活却要人用自己的力量去揣摩。在这里,艺术的力量就是注释的力量;但是这一点我们后面再说。

我们找出了许多视艺术重于现实的理由,但它们只能说明为什么这样,而不能证明这种偏爱是合理的。我们既不同意说:艺术在内容或表现的内在价值上足以与现实抗衡,更不要说高于现实,我们自然也不能同意目前关于艺术是根据人类的哪些要求而产生的、艺术存在的目的和艺术的使命是什么等问题的流行的见解。关于艺术的起源和作用的流行的意见可以叙述如下:"人有一种不可克制的对美的渴望,但又不能够在客观现实中寻找出真正的美来;于是他不得不亲自去创造符合他的要求的事物或作品,即真正美的事物和现象。"换句话说就是:"在现实中不能实现的美的观念,要由艺术作品来实现。"为了说明其中所包含的不完全的、片面的暗示的真意,我们应当将这个定义分析一下。"人有一种对美的渴望。"但是假如我们理解美,如这个定义所规定的,为观念与形式的完全吻合,那么,不单只艺术,所有人类的一般活动都可以被推断为这种对美的渴望的结果,因为人类活动的基本原则就是完全实现某种思想;渴望观念与形象统一,是一切技艺的形式的基础,这也就是渴望创造和改善一切产品或制品;把艺术当作对美的渴望的结果,我们就混淆了"艺术"这个词的两种不同的意义:(一)纯艺术(诗、音乐等),(二)将任何一件事做好的技能或努力;只有后者是追求观念和形式统一的结果。但是,假如把美(如我们所认为的)理解成一种使人在那里面看得见生活的东西,那就很明白,美的渴望的结果是对一切有生之物的喜悦的爱,而这一渴望被活生生的现实所完全满足了。"人在现实中找不出真正的完全的美。"我们曾极力证明这种说法是不正确的,我们的想象的活动不是由生活中美的缺陷所唤起的,却是由于它的不在而唤起的;现实的美是完全的美,但是可惜它并不总是显现在我们的眼前。假如说艺术作品是我们对完美之物的渴望和对一切不完美之物的蔑视的结果,人该早就放弃一切对艺术的追求,把它当作徒劳无益的事了,因为在艺术作品中没有完美;一个不满意现实的美的人,对于艺术所创造的美就会更其不满。因此,要同意关于艺术的作用的通常的解说是不可能的;不过在这解说中有些暗示,如果适当地加以解释,是可以被认为正确的。"人不满足于现实中的美,因为他觉得这样的美还不够。"——这就是通常的解说的实质和正确之处,不过它是被曲解了,它本身也需要加以解说。

海是美的。当我们眺望海的时候,并不觉得它在美学方面有什么不满人意的地方;但是并非每个人都住在海滨,许多人终生没有瞥见海的机会;但他们也想要欣赏欣赏海,于是就出现了描绘海的图画。自然,看海本身比看画好得多;但是,当一个人得不到最好的东西的时候,就会以较差的为满足,得不到原物的时候,就以代替物为满足。就是那些有可能欣赏真正的海的人,也不能随时随刻看到它,——他们只好回想它;但是想象是脆弱的,它需要支持,需要提示;于是,为了加强他们对海的回忆,在他们的想象里更清晰地看到它,他们就看海的图画。这就是许多(大多数)艺术作品的唯一的目的和作用:使那些没有机会直接欣赏现实中的美的人也能略窥门径;提示那些亲身领略过现实中的美而又喜欢回忆它的人，唤起并且加强他们对这种美的回忆（我们暂不讨论"美是艺术的主要内容"这个说法；下面，我们将要用另一个名词，一个在我们看来更准确、更完全地规定了艺术内容的名词来代替"美"这个名词）。所以，艺术的第一个作用，一切艺术作品毫无例外的一个作用，就是再现自然和生活。艺术作品对现实中相应的方面和现象的关系，正如印画对它所由复制的原画的关系，画像对它所描绘的人的关系。印画是由原画复制出来的，并不是因为原画不好，而是正因为原画很好；同样，艺术再现现实，并不是为了消除它的瑕疵，并不是因为现实本身不够美，而是正因为它是美的。印画不能比原画好，它在艺术方面要比原画低劣得多；同样，艺术作品任何时候都不及现实的美或伟大；但是，原画只有一幅，只有能够去参观那陈列这幅原画的绘画馆的人，才有机会欣赏它；印画却成百成千份地传播于全世界，每个人都可以随意欣赏它，不必离开他的房间，不必从他的沙发上站起来，也不必脱下身上的长袍；同样，现实中美的事物并不是人人都能随时欣赏的，经过艺术的再现（固然拙劣、粗糙、苍白，但毕竟是再现出来了），却使人人都能随时欣赏了。我们为我们所珍爱的人画像，并不是为了要除去他的面貌上的瑕疵（这些瑕疵干我们什么事呢？我们并不注意它们，或者我们简直还珍爱它们），而是使我们有可能欣赏这副面孔，甚至当本人不在我们眼前的时候；艺术作品的目的和作用也是这样：它并不修正现实，并不粉饰现实，而是再现它，充作它的代替物。

再现现实与模拟自然有别

这样，艺术的第一个目的就是再现现实。我们决不敢认为这句话说出了美学思想史上从未有过的新的东西，但却以为"艺术是现实的再现"这个定义所提供的艺术的形式的原则，和十七、十八世纪流行的伪古典主义的"自然模拟说"对艺术的要求是大不相同的。为了使我们的艺术观和自然模拟说对艺术的概念之间的本质区别不仅只依据于我们自己的论述,我们且从一册关于现在流行的美学体系的最好的读本里引用一段对自然模拟说的批判吧。这个批判,一方面可以表明它所驳斥的概念和我们的见解之间的不同,另一方面,也可以显示出在把艺术看成再现活动的我们的第一个定义中还有什么缺陷,这样来引导我们逐步达到关于艺术的概念的更准确的发挥。

> 把艺术定义为自然的模仿,这仅只说明了它的形式上的目的;照这个定义,艺术应当努力尽可能地去复写外在世界中已经存在的事物。这样的复写应该说是多余的,因为自然和生活已经给了我们这种艺术所要给的东西。但还不仅如此;模仿自然是一种徒然的努力,是一定达不到它的目的的,因为艺术在模仿自然的时候,由于它的工具的限制,只能以幻象来代替真实,只能以死板的假面来代替真正活生生的东西。①

在这里,我们首先要注意:"艺术是现实的再现"这句话,也像"艺术是自然的模仿"这句话一样,只规定了艺术的形式的原则;为了规定艺术的内容,我们关于艺术的目的的第一个结论应当加以补充,这一点我们下面再说。第二点反驳完全不适用于我们所说的观点:从前面的分析就可以明白看出,自然中的事物和现象之艺术的再现或"复写"决不是多余的事,正相反,它是必要的。至于说这个复写是一定达不到目的的徒然的努力,那就应该说,这个反驳只有在假定艺术要和现实相比赛,而不只作它的代替物的情形之下,才有力量。但我们所肯定的正是:艺术不能和活生生的现实相比,它决没有现实的那种生命力;我们认为这一点是无可怀疑的。

_____

① 引自黑格尔的《美学讲义》(即《美学》),但有删节。

但是，"艺术是现实的再现"这个说法确实还需要加以补充，才能成为一个完满的定义；可是虽则这个定义没有把艺术的概念的全部内容囊括无遗，却依然是正确的，要反对它，除非是存心要求艺术应当比现实更高、更完美；我们已经努力证明了这种假设在客观上毫无根据，并且揭露了它的主观根源。现在我们再来看一看，对于模仿说的更进一步的反驳是否适用于我们的观点。

　　模仿自然完全成功既不可能，就只好以这种玩意的相当成功而自得其乐了；但是仿造品在表面上愈逼肖原物，这种快乐便愈淡漠，甚至流于餍足或厌烦。有的画像逼似本人竟然到了所谓可厌的程度。模仿夜莺叫就是模仿得最出色，一经我们觉出那不是真正的夜莺叫，而是一个善于作夜莺啼啭声的人在模仿它的时候，我们立刻就会觉得无聊和讨厌；因为我们有权利要求人创造出另一种音乐来。这种巧妙地模仿自然的玩意，可以和那个能够万无一失地把扁豆从一个不过扁豆大小的孔里掷过去，因而亚历山大大帝曾赏以一美丁①扁豆的玩把戏者的技艺相比。②

这意见是完全正确的，但只是针对下面的情形而言：无谓地去模拟不值得注意的内容，或是描写毫无内容的空虚的外表。（多少有名的艺术作品都受到了这种辛辣但是应得的嘲笑啊！）只有值得有思想的人注意的内容才能使艺术不致被斥为无聊的娱乐：可惜它实际上竟常常是这样一种娱乐。艺术形式无法使一篇作品免于轻蔑或怜笑，假如作品不能用它思想的重要性去回答"值得为这样的琐事呕心血吗？"这个问题的话。无益的事物没有权利受人尊重。"人自身就是目的。"但是人的工作却应当以人类的需要为目的，而不是以自身为目的。因此，无益的模

---

① "美丁"，古代希腊的计算单位，约合 52.5 公升。
② 引自黑格尔的《美学讲义》（即《美学》），但有删节。

仿在外表的肖似上愈成功,就愈使人厌恶:"为什么花费这许多时间和精力?"我们看到它,就会这样想,"这么完美的技巧竟和这种贫乏的内容同时并存,是多么可惜啊!"模仿夜莺叫的玩把戏者所引起的厌烦和憎恶,由上面那段引文中所含的评语就可说明:一个人如果不了解他应当唱人的歌,而不应当作无聊的啼啭,是可怜的。至于逼肖本人到可厌的程度的画像,那应当这样去了解:任何模拟,要求其真实,就必须传达原物的主要特征;一幅画像要是没有传达出面部的主要的、最富于表现力的特征,就是不真实;但是如果面部的一切细微末节都被描绘得清清楚楚,画像上的面容就显得丑陋、无意思、死板,——它怎么会不令人厌恶呢?人们常常反对所谓"照相式的模拟"现实,——但是假如我们说,模拟也像人类的一切其他工作一样需要理解,需要辨别主要的和非主要的特征的能力,我们单只这样说,岂不更好吗?"死板的模拟"是一句常说的话;但是假如死的机械不被活的思想所指导,人是不能模拟得真确的:不了解被临摹的字母的意义,就是真确的摹写也是不可能做到的。

在为了使我们关于艺术的形式的原则的定义臻于完善而进入关于艺术的主要内容的定义之前,我们认为需要就"再现"说和所谓的"模仿"说之间的关系说几句话。我们所主张的艺术观来自最近德国美学家们的观点,也是由现代科学的一般思想决定其方向的辩证过程的结果。因此,它和两种思想体系直接地联系着——一方面是本世纪初叶的思想体系,另一方面是近几十年的思想体系。任何其他的关系都只是普通的相似,没有什么渊源的作用。但是,虽然由于现代科学的发达,古代思想家的概念已不能影响现代的思想方式,我们却不能不看到,在许多的场合,现代的概念还和以前几个世纪的概念有相似之处。和希腊思想家的概念更是常常相似。美学方面也有同样的情形。我们关于艺术的形式的原则的定义和希腊过去所流行的见解相似,这种见解在柏拉图和亚理斯多德的著作中都可以找到,在德谟克利特①的著作中大概也说过的。他们所说的"μίμησις"正相当于我们所用的名词"再现"。如果说后来这个字曾经被理解为"模仿"(Nachahmung)的话,那是由于翻译的不确切,因为它限制了这个概念的范围,使人误认为这是外形的仿造,而不是内容的表达。伪古典主义的理论把艺术理解为现实的仿造,实在带有愚弄我们的目的,但这是唯独趣味败坏的时代才有的一种恶习。

形式与内容

我们现在应该补充我们上面所提出的艺术的定义,从艺术的形式的原则之研究转到艺术的内容的定义。

通常以为艺术的内容是美;但是这把艺术的范围限制得太窄狭了。即算我们同意崇高与滑稽都是美的因素,许多艺术作品以内容而论也仍然不适于归入美、崇高与滑稽这三个项目。在绘画中也有不适于作这种分类的,例如:取材于家庭生活的画可以没有一个美的或滑稽的人物,描绘老人的画中也可以没有老得特别美丽的人物,诸如此类。在音乐方面,作这种惯常的分类更其困难;假定我们认为进行曲和激昂的歌曲等等是崇高,表现爱情和愉快的歌曲是美,而且能够找到许多滑稽的歌,那还会剩下大量的歌曲,照它们的内容来说,列入这三类中的任何一类都有些勉强:忧愁的曲子是什么类? 莫非是崇高,因为它们表现悲愁? 抑或是美,因为它们表现温柔的幻想? 但是在所有的艺术中,最反对把自己的内容归入美及其各种因素的狭窄项目里去的,是诗。诗的范围是全部的生活和自然;诗人观照森罗万象,他的观点是如同思想家

---

① 德谟克利特(Democritus,约纪元前 460—前 370),希腊哲学家,古代伟大的唯物主义者。

对这些森罗万象的概念一样多方面的;思想家在现实中除了美、崇高、滑稽之外,还发现了许多东西。不是每种悲愁都能达到悲剧的境地,不是每种欢乐都是优美或滑稽的。旧的类别的框子已经容纳不了诗歌作品,单从这一点就可以看出诗的内容不能被上列三个因素包括尽净。戏剧不只描写悲惨或滑稽的东西,证据就是除了喜剧和悲剧以外还有正剧。代替着那多半是崇高的史诗,出现了长篇小说及其无数的类别。对于现在的大部分抒情剧,在旧的分类中找不到可以标示它们的内容特性的名称;一百个项目都还不够,三个项目之不能包括一切,就更是无可怀疑的了(我们说的是内容的性质,不是形式,形式任何时候都应当是美的)。

解决这个复杂问题的最简单的办法是说明:艺术的范围并不限于美和所谓美的因素,而是包括现实(自然和生活)中一切能使人——不是作为科学家,而只是作为一个人——发生兴趣的事物;生活中普遍引人兴趣的事物就是艺术的内容。美、悲剧、喜剧,——这些只是决定生活里的兴趣的无数因素中的三个最确定的因素罢了,要一一列举那些因素,就等于一一列举能够激动人心的一切情感、一切愿望。更详尽地来证明我们关于艺术内容的概念的正确,似乎已不必要;因为,虽则美学通常对艺术内容下了一个更狭窄的定义,但我们所采取的观点,事实上,就是说,在艺术家和诗人心里,是占有支配地位的,它经常表现在文学和生活中。假如认为有必要规定美是主要的,或是更恰当地说,是唯一重要的艺术内容,那真正的原因就在于:没有把作为艺术对象的美和那确实构成一切艺术作品的必要属性的美的形式明确区别开来。但是这个形式的美或观念与形象、内容与形式的统一,并不是把艺术从人类活动的其他部门区别出来的一种特性。人的活动总有一个目的,这目的就构成了活动的本质;我们的活动和我们要由这活动达到的目的相适合的程度,就是估量这活动的价值的标准;一切人类的产物都是按照成就的大小去估价的。这是一个适用于手艺、工业、科学工作等等的普遍法则。它也适用于艺术作品;艺术家(有意识的或无意识的都是一样)极力为我们再现生活的某一方面;他的作品的价值要看他如何完成他的工作而定,这是不言而喻的。"艺术作品之力求观念与形象的协调",恰如皮鞋业、首饰业、书法、工程技术、道德的决心的产物一样。"做每一件事都应当做好"就是"观念与形象的协调"这句话的意思的所在。因此,(一)美,作为观念与形象的统一,在美学的意义上决不是艺术所特有的特性;(二)"观念与形象的统一"只是规定了艺术的形式的一面,和艺术的内容无关;它说的是应当怎样表现,而不是表现什么。但是我们已经注意到在这句话中重要的是"形象"这个字眼,它告诉我们艺术不是用抽象的概念而是用活生生的个别的事实去表现思想;当我们说"艺术是自然和生活的再现"的时候,我们正是说的同样的事,因为在自然和生活中没有任何抽象地存在的东西;那里的一切都是具体的;再现应当尽可能保存被再现的事物的本质;因此艺术的创造应当尽可能减少抽象的东西,尽可能在生动的图画和个别的形象中具体地表现一切(艺术能否完全做到这点,全然是另一问题。绘画、雕塑和音乐都做到了;诗不能够也不应该老是过分关心造型的细节:诗歌作品只要在总的方面、整个说来是造型的就足够了;在细节的造型性方面过于刻意求工可以妨害整体的统一,因为这样做会把整体的各部分描绘得过于突出,更重要的是,这会把艺术家的注意力从他的工作的主要方面吸引开去)。作为观念与形象的统一的形式的美是人类一切活动的共同属性,并不是艺术(在美学意味上)所独有的,这种美和作为艺术的对象、作为现实世界中我们所喜爱的事物的美的观念完全是两回事。把艺术作品的必要属性的形式的美和艺术的许多对象之一的美混淆起来,是艺术中的不幸的弊端的原因之一。"艺术的对象是美,"无论如何是美,艺术没有其他的内容。但是世界上什么最美呢? 在人生中是美人和爱情;在自然中可就很难说定,在那里有如此之多的美。因此，不管适当不适当，诗歌作品总是充满着自然和描写：我们的作品中这种描写愈多，美就愈多。但是美人和爱情更美，所以（大都是完全不适当地）恋爱在戏剧、中篇和长篇小说等等中居于首要地位。不适宜的自然美的描写对艺术作品还无大碍，省略掉就是了，因为它们本来就是被粘在外表上的；但是对于恋爱情节可怎么办呢？不能忽略它，因为一切都用解不开的结系在这个基础上面，没有它，一切都会失去关联和意义。且不去说，痛苦或胜利的一对爱人使得许多作品千篇一律；也不去说这些恋爱事件和美人的描写占去了该用在重要细节上面的地位；更重要的是：老是描写恋爱的习惯，使得诗人忘记了生活还有更使一般人发生兴趣的其他的方面；一切的诗和它所描写的生活都带着一种感伤的、玫瑰色的调子；许多艺术作品不去严肃地描绘人生，却表现着一种过分年轻（避免用更恰当的形容词）的人生观，而诗人通常都是年轻的、非常年轻的人，他的故事只是在那些有着同样心情或年龄的人看来才有兴趣。于是，对于那些过了幸福的青春时代的人，艺术就失去它的价值了；他们觉得艺术是一种使成人腻烦、对青年也并非全无害处的消遣品。我们丝毫没有意思要禁止诗人写恋爱；不过美学应当要求诗人只在需要写恋爱的时候才写它：当问题实际上完全与恋爱无关，而在生活的其他方面的时候，为什么把恋爱摆在首要地位？比方说，在一部本来应该描写某一时代某一民族的生活或该民族的某些阶级的生活的长篇小说中，恋爱为什么要居于首要地位？历史、心理学和人种学著作也说到恋爱，但只是在适当的地方说它，正如说所有旁的事情一样。瓦尔特·司各脱的历史小说都建筑在恋爱事件上，——为什么？难道恋爱是社会的主要事业，是他所描写的那一时代的各种事件的主要动力吗？"但是瓦尔特·司各脱的小说已经陈旧了；"可是狄更斯的小说和乔治·桑的农村生活小说也一样适当或不适当地充满了恋爱，那里面所写的事情也是完全与恋爱无关的。"写你所需要写的"这条规则仍然难得为诗人所遵守。不管适当不适当都写恋爱，就是"艺术的内容是美"这个观念所造成的对艺术的第一个危害；和它紧紧联系着的第二个危害是矫揉造作。现在人们都嘲笑拉辛和苔苏里尔夫人①；但是现代艺术在行为动机的单纯自然和对话的自然上，恐怕并不比他们进步多少；把人物分成英雄和恶汉这种分类法，至今还适用于悲壮的艺术作品。这些人物说起话来多么有条有理、多么流利而雄辩啊！现代小说中的独白和对话仅仅比古典主义悲剧的独白稍微逊色一点："在艺术作品中，一切都应当表现为美。"——因此，作家给我们描写了在现实生活中几乎从来没有人作过的那样深谋远虑的行动计划；假使所写的人物有了什么本能的、轻率的行动，作者便认为必须用这人物的性格本质来加以辩解，而批评家对于这种"没有动机的行动"也表示不满，仿佛激发行动的总是个性，而不是环境和人心的一般的性质。"美要求性格的完美。"——于是，代替活生生的、各种具有典型性的人，艺术给予了我们不动的塑像。"艺术作品中的美要求对话的完美。"——于是，代替活生生的语言，人物的谈话是矫揉造作的，谈话者不管愿意不愿意都要在谈话中表现出他们的性格来。这一切的结果是诗歌作品的单调：人物是一个类型，事件照一定的药方发展，从最初几页，人就可以看出往后会发生什么，并且不但是会发生什么，甚至连怎样发生都可以看出来。但是，让我们回到艺术的主要作用的问题上来吧。

艺术的另一作用是说明生活

我们说过，一切艺术作品的第一个作用，普遍的作用，是再现现实生活中使人感到兴趣的现象。自然，我们所理解的现实生活

---

① 苔苏里尔夫人（A. Deshoulier, 1638—1694），法国女诗人。

不单是人对客观世界中的对象和事物的关系，而且也是人的内心生活；人有时生活在幻想里，这样，那些幻想在他看来就具有（在某种程度上和某个时间内）客观事物的意义；人生活在他的情感的世界里的时候就更多；这些状态假如达到了引人兴趣的境地，也同样会被艺术所再现。我们提到这一点，是为了表明我们的定义也包括着艺术的想象的内容。

　　但是，我们在上面已经说过，艺术除了再现生活以外还有另外的作用，——那就是说明生活；在某种程度上说，这是一切艺术都做得到的：常常，人只消注意某件事物（那正是艺术常做的事），就能说明它的意义，或者使自己更好地理解生活。在这个意义上，艺术和一篇纪事并无不同，分别仅仅在于：艺术比普通的纪事，特别是比学术性的纪事，更有把握达到它的目的：当事物被赋予活生生的形式的时候，我们就比看到事物的枯燥的记述时更易于认识它，更易于对它发生兴趣。库柏①的小说在使社会认识野蛮人的生活这一点上，比人种学上关于研究野蛮人的生活如何重要的叙述和议论更为有用。但是虽则一切艺术都可以表现新鲜有趣的事物，诗却永远必须用鲜明清晰的形象来表现事物的主要特征。绘画十分详尽地再现事物，雕塑也是一样；诗却不能包罗太多的细节，必然要省略许多，使我们的注意集中在剩下的特征上。从这里就可以看出诗的描绘胜过现实的地方；但是每个个别的字对于它所代表的事物来说也是一样：在文字（概念）里，它所代表的事物的一切偶然的特征都被省略了，只剩下了主要的特征；在无经验的思想者看来，文字比它所代表的事物更明了；但是这种明了只是一个弱点。我们并不否认摘要的相对的用处；但是并不认为对儿童很有益处的塔佩的《俄国史》②优于他所据以改作的卡拉姆辛的《俄国

---

① 　库柏（J. F. Cooper, 1789—1851），美国小说家。
② 　塔佩（A. Tanne, 1778—1830），神学及哲学博士，大学教授。他所改写的《俄国史》是一本教科书，一八一九年出版于彼得堡。

史》。在诗歌作品中，一个事物或事件也许比生活中同样的事物和事件更易于理解，但是我们只能承认诗的价值在于它生动鲜明地表现现实，而不在它具有什么可以和现实生活本身相对抗的独立意义。这里不能不补说一句，一切散文故事也同诗是一样情形。集中事物的主要特征并不是诗所特有的特性，而是人类语言的共同性质。

艺术的主要作用是再现现实中引起人的兴趣的事物。但是，人既然对生活现象发生兴趣，就不能不有意识或无意识地说出他对它们的判断；诗人或艺术家不能不是一般的人，因此对于他所描写的事物，他不能（即使他希望这样做）不作出判断；这种判断在他的作品中表现出来，就是艺术作品的新的作用，凭着这个，艺术成了人的一种道德的活动。有的人对生活现象的论断几乎完全表现为偏执现实的某些方面，而避免其他的方面，——这是智力活动微弱的人，当这样的人做了诗人或艺术家的时候，他的作品除了再现出生活中他所喜爱的几方面以外，再没有其他的意义了。可是，如果一个人的智力活动被那些由于观察生活而产生的问题所强烈地激发，而他又赋有艺术才能的话，他的作品就会有意识或无意识地表现出一种企图，想要对他感到兴趣的现象作出生动的判断（他感到兴趣的也就是他的同时代人感到兴趣的，因为一个有思想的人决不会去思考那种除了他自己以外谁都不感兴趣的无聊的问题），就会为有思想的人提出或解决生活中所产生的问题；他的作品可以说是描写生活所提出的主题的著作。这样的倾向表现在一切的艺术里（比方在绘画里，我们可以指出何甲思[①]的讽刺画），但主要的是在诗中发展着，因为诗有充分的可能去表现一定的思想。于是艺术家就成了思想家，艺术作品虽然仍旧属于艺术领域，却获得了科学的意义。不言而喻，在这一点上，现实中没有和艺术

[①]　何甲思（W. Hogarth，1697—1764），英国画家及雕刻家。

作品相当的东西，——但只是在形式上；至于内容，至于艺术所提出或解决的问题本身，这些全都可以在现实生活中找到，只是我们没有存心、没有蓄意去找罢了。我们假定一篇艺术作品发挥着这样的思想："一时的失误不会毁掉一个性格坚强的人"，或者："一个极端引起另一个极端"；或者描写一个人的人格分裂；或者是，假如你高兴，热情和更崇高的抱负的冲突（我们所列举的都是见之于《浮士德》里的各种基本观念），——现实生活中难道没有包含着同样原则的事例吗？高度的智慧难道不是从观察生活得来的吗？科学难道不是生活的简单的抽象化、把生活归结为公式吗？科学和艺术所展示的一切都可以在生活中找到，只是在一种更圆满、更完美的形式中，具有一切活生生的细节，事物的真正意义通常就包含在那些细节里，那些细节常常不为科学和艺术所理解，而且多半不能被它们所包括；现实生活中一切都是真实的，没有人类的各种产物所难免的疏忽、偏见等等的毛病，——作为一种教诲、一种科学来看，生活比任何科学家和诗人的作品都更完全、更真实，甚至更艺术。不过生活并不想对我们说明它的现象，也不关心如何求得原理的结论：这是科学和艺术作品的事；不错，比之生活所呈现的，这结论并不完全，思想也片面，但是它们是天才人物为我们探求出来的，没有他们的帮助，我们的结论会更片面、更贫弱。科学和艺术（诗）是开始研究生活的人的"教科书"①，其作用是准备我们去读原始材料，然后偶尔供查考之用。科学并不想隐讳这个；诗人在对他们的作品本质的匆促的评述中也不想隐讳这个；只有美学仍然主张艺术高于生活和现实。

总括我们前面所说的，我们得到了这样一个艺术观：艺术的主要作用是再现生活中引人兴趣的一切事物；说明生活、对生活现象下判断，这也常常被摆到首要地位，在诗歌作品中更是如此。艺术

---

① 楷体文字在原著中为德文。

对生活的关系完全像历史对生活的关系一样,内容上唯一的不同是历史叙述人类的生活,艺术则叙述人的生活,历史叙述社会生活,艺术则叙述个人生活。历史的第一个任务是再现生活;第二个任务——那不是所有的历史家都能做到的——是说明生活;如果一个历史家不管第二个任务,那么他只是一个简单的编年史家,他的著作只能为真正的历史家提供材料,或者只是一本满足人们的好奇心的读物;担负起了第二个任务,历史家才成为思想家,他的著作然后才有科学价值。对于艺术也可以同样地说。历史并不自以为可以和真实的历史生活抗衡,它承认它的描绘是苍白的、不完全的,多少总是不准确或至少是片面的。美学也应当承认:艺术由于相同的理由,同样不应自以为可以和现实相比,特别是在美的方面超过它。

但是,在这种艺术观之下,我们把创造的想象摆在什么地方呢?让它担任什么角色呢?我们不想论述在艺术中改变诗人所见所闻的想象的权利的来源。这从诗歌创作的目的就可明了,我们要求创作真实地再现的是生活的某个方面,而不是任何个别的情况;我们只想考察一下为什么需要想象的干预,认为它能够通过联想来改变我们所感受的事物和创造形式上新颖的事物。我们假定诗人从他自己的生活经验里选取了他所十分熟悉的事件(这不是常有的;通常许多细节仍然是暧昧的,为着故事首尾连贯,不能不由想象来补充);再让我们假定他所选取的事件在艺术上十分完满,因此单只把它重述一遍就会成为十足的艺术作品;换句话说,我们选取了这样一个事例,联想的干预对于它一点不需要。但不论记忆力多强,总不可能记住一切的细节,特别是对事情的本质不关紧要的细节;但是为着故事的艺术的完整,许多这样的细节仍然是必要的,因此就不得不从诗人的记忆所保留下的别的场景中去借取(例如,对话的进行、地点的描写等);不错,事件被这些细节补充后并没有改变,艺术故事和它所表现的真事之间暂时只有形式上的差别。但是想象的干预并不限于这个。现实中的事件总是和别的事件纠缠在一起，不过两者只有表面的关联，没有内在的联系；可是，当我们把我们所选取的事件跟别的事件以及不需要的枝节分解开来的时候，我们就会发现，这种分解在故事的活的完整性上留下了新的空白，诗人又非加以填补不可。不仅如此：这种分解不但使事件的许多因素失去了活的完整性，而且常常会改变它们的性质，——于是故事中的事件已经跟原来现实中的事件不同了，或者，为了保存事件的本质，诗人不得不改变许多细节，这些细节只有在事件的现实环境中才有真正的意义，而被孤立起来的故事却阉割了这个环境。由此可见，诗人的创造力的活动范围，不会因为我们对艺术本质的概念而受到多少限制。但是，我们研究的对象是：艺术是客观的产物，而不是诗人的主观活动；因此，探讨诗人和他的创作材料的各种关系在这里是不适宜的；我们已指出了这些关系中对于诗人的独立性最为不利的一种，而且认为按照我们对艺术的本质的观点来看，艺术家在这方面并没有失去那不是特别属于诗人或艺术家，而是一般地属于人及其活动的主要性质——即是只把客观现实看做一种材料和自己的活动场所，并且利用这现实，使它服从自己这一最主要的人的权利和特性。在其他情况之下，创造的想象甚至有更广阔的干预的余地：譬如说，在诗人并不知道事件的全部细节的时候，以及在他仅仅从别人的叙述中知道事件（和人物）的时候，那叙述总是片面的、不确实的，或是在艺术上不完全的，至少在诗人个人看来是这样。但是，结合和改变事物的必要，并不是因为现实生活没有以更完美的形式呈现出诗人或艺术家想要描写的现象，而是由于现实生活的描画和现实生活并不属于同一个范围。这种差别导源于诗人没有现实生活所有的那些手段任他使用。当一个歌剧被改编成钢琴谱的时候，它要损失细节和效果的大部分和最好的部分；在人类的声音中或是在全乐队中，有许多东西根本不能转移到被用来尽可能再现歌剧的可怜的、贫弱的、死板的乐器上来；因此，在改编中，有许多需要更动，有许多需要补充，——不是希望把歌剧改编得比原来的形式更好，而是为了多少弥补一下歌剧改编时必然遭到的损失；不是因为要改编者改正作曲家的错误，而只是因为他没有作曲家所有的那些手段供他使用。现实生活的手段和诗人的手段的差别更大。翻译诗的人，从一种语言译成另一种语言，一定要在某种程度上改造所译的作品，那么，把事件从生活的语言译成贫乏的、苍白而死板的诗的语言的时候，怎能不需要一些改造呢？

这篇论文的实质，是在将现实和想象互相比较而为现实辩护，是在企图证明艺术作品决不能和活生生的现实相提并论。像作者这样来评论艺术，岂不是要贬低艺术吗？——是的，假如说明艺术在艺术的完美上低于现实生活，这就是贬低艺术的话；但是反对赞扬并不等于指摘。科学并不自以为高于现实；这并不是科学的耻辱。艺术也不应自以为高于现实；这并不会屈辱艺术。科学并不羞于宣称，它的目的是理解和说明现实，然后应用它的说明以造福于人；让艺术也不羞于承认，它的目的是在人没有机会享受现实所给予的完全的美感的快乐时，尽力去再现这个珍贵的现实作为补偿，并且去说明它以造福于人吧。

让艺术满足于当现实不在时，在某种程度内来代替现实，并且成为人的生活教科书这个高尚而美丽的使命吧。

现实高于幻想，主要的作用高于空幻的希求。

结　论

作者的任务是研究艺术作品与生活现象之间的审美关系的问

题,并且考察那种认为真正的美(那是被视为艺术作品的主要内容的)不存在于客观现实中,而只能由艺术来体现的流行见解是否正确。和这个问题密切联系着的,是美的本质和艺术的内容的问题。在研究什么是美的本质的问题的时候,作者达到了"美是生活"这个结论。作了这样的解答之后,就必须研究按照美的通常的定义,被假定为美的两个因素的崇高与悲剧的概念,必须承认,崇高与美是两个彼此独立的艺术对象。这是解决艺术内容问题的一个重要步骤。但是假如美是生活,那么,艺术中的美与现实中的美之间的审美关系的问题,就迎刃而解了。达到艺术决非起源于人对现实中的美不满这个结论之后,我们必须发见产生艺术的要求是什么,必须研究艺术的真正作用。这个研究使我们达到了如下的主要结论:

第一,"美是一般观念在个别现象上的完全显现"这个美的定义经不起批评;它太广泛,规定了一切人类活动的形式的倾向。

第二,真正的美的定义是:"美是生活。"——任何东西,凡是人在那里面看得见如他所理解的那种生活的,在他看来就是美的。美的事物,就是使人想起生活的事物。

第三,这种客观的美,或是本质上的美,应该和形式的完美区别开来,形式的完美在于观念与形式的统一,或者在于对象完全适合于它的使命。

第四,崇高之影响人,决不在于它能唤起绝对观念;它几乎任何时候都不会唤起它。

第五,一件东西,凡是比人拿来和它相比的任何东西都大得多,或是比任何现象都强有力得多,那在人看来就是崇高的。

第六,悲剧与命运或必然性的观念并没有本质的联系。在现实生活中,悲剧多半是偶然的,并不是从先行因素的本质中产生的。艺术使悲剧具有的那必然性的形式,是通常支配艺术作品的"结局必须从伏线中产生出来"这一原则的结果,或是诗人对命运观念的不适当地服从的结果。

第七，按照新的欧洲文化的概念，悲剧是"人生中可怕的事物"。

第八，崇高（以及它的因素——悲剧）不是美的一种变形；崇高与美的观念完全是两回事；它们之间没有内在的联系，也没有内在的矛盾。

第九，现实比起想象来不但更生动，而且更完美。想象的形象只是现实的一种苍白的，而且几乎总是不成功的改作。

第十，客观现实中的美是彻底的美的。

第十一，客观现实中的美是完全令人满意的。

第十二，艺术的产生，决不是由于人有填补现实中美的缺陷的要求。

第十三，艺术创作低于现实中的美的事物，不只因为现实所引起的印象比艺术创作所引起的印象更生动，从美学观点来看，艺术创作也低于现实中的美的事物，正如低于现实中的崇高、悲剧和滑稽的事物一样。

第十四，艺术的范围并不限于美学意义上的美——活的本质上的美而不只是形式的完美；因为艺术再现生活中引人兴趣的一切事物。

第十五，形式的完美（观念与形式的统一），并不只是美学意义上的艺术（纯艺术）所独有的特点；作为观念与形象的统一或观念的完全体现的美，是最广泛的意义上的艺术或"技巧"所追求的目的，也是人类一切实际活动的目的。

第十六，产生美学意义上的艺术（纯艺术）的要求，是和画人的肖像这件事所明白显露出来的要求相同的。画一个人的肖像，并不是因为活的本人的面貌不能满足我们，而是帮助我们去想起不在我们眼前的活人，并且给那些没有机会看见他本人的人一点关于他的概念。艺术只是用它的再现使我们想起生活中有兴趣的事物,努力使我们多少认识生活中那些引人兴趣而我们又没有机会在现实中去亲自体验或观察的方面。

第十七,再现生活是艺术的一般性格的特点,是它的本质;艺术作品常常还有另一个作用——说明生活;它们常常还有一个作用:对生活现象下判断。

第三版序言*

在四十年代,俄国大多数有教养的人对于德国哲学发生了浓厚的兴趣;我们的最优秀的政论家①尽量对俄国公众重述在德国风靡一时的思想。那就是黑格尔和他的门徒的思想。

现在,黑格尔的追随者在德国本国已所剩不多了,在我国就更是寥寥无几。但是,在四十年代末和五十年代初,他的哲学却支配着我们的文学界。差不多所有思想开明的人都对他的哲学起了共鸣,根据我国政论家们不完备的阐述认识了它。少数习惯于阅读德文哲学著作的人,还在自己的小组②里讲解了在当时俄国报刊对黑格尔哲学的阐述中所没有谈到的东西;人们如饥如渴地听他们讲解,好学的朋友们都十分尊敬他们。在黑格尔生前,由于他个人的威望,在他的门徒中间保持了思想方法的一致。但是即使在他生前,德国哲学中已有这样的研究著作出现,在那些著作里,从他的基本思想出发,竟得出为他所避而不谈的结论,或者是他在极端需要时甚至加以谴责的结论。这些研究著作中,最重要的是匿名著作《论死与不死》(*Gedanken über Tod und Unsterblichkeit*)。这

---

* 车尔尼雪夫斯基的《艺术与现实的审美关系》初版于1855年。这篇序言是在三十三年以后,当该书准备重印的时候写的,但仍被检查机关禁止。这事,列宁在《唯物主义与经验批判主义》中曾经提到:"在1888年为《艺术与现实的审美关系》第三版所写的序言里,车尔尼雪夫斯基曾企图直接提到费尔巴哈,但是1888年的检查机关竟连仅仅提一提费尔巴哈都不允许。这篇序言直到1906年才问世。"

① 指赫尔岑和别林斯基。

② 指赫尔岑—奥加辽夫小组和别林斯基—斯坦凯维奇小组。

本书出版于一八三〇年,即黑格尔逝世前一年。这位有威望的大师死后,他的追随者中间的思想的一致性就开始削弱,到一八三五年,由于施特劳斯①的论著《耶稣传》(*Das Leben Jesu*)的出版,黑格尔学派分裂成了三派:一部分人墨守他们先师的保守的自由主义体系,他们之中最主要的人物是米希勒特②和罗森克朗茨③,他们形成一派,被称为中间派;很大一部分人开始公开表示断然进步的意见,这一派最有力的代表是施特劳斯,他和追随他的哲学家们组成了黑格尔学派的左派;黑格尔的另外许多门徒被他们的意见的尖锐性,特别是施特劳斯对圣经的注释中的结论所惊骇了,于是在和左派的论战中抛弃了所有那些在黑格尔体系中和保守因素结合着的进步因素,这一大群就形成了右派。中间派力图缓和右派跟左派的争论,但这是不可能的;他们各行其是,彼此越离越远。一八四八年的政治事件④引起了德国广大公众的兴趣,在这种情况下,哲学家的争论就显得不重要了。在这个时候以前,黑格尔左派跟右派的决裂已产生了这样的结果:大多数右派哲学家仅仅抓住黑格尔的一些术语,用来阐述十八世纪的思想,而大多数左派思想家则把一些与所谓百科全书派的哲学多少有点相似的内容装入了黑格尔辩证法的框子中。

《论死与不死》的作者路德维希·费尔巴哈,用了好几年工夫去研究新哲学史的著作。也许是这些著作促使他的概念具有这样的广度,即远远超出了在康德以后发展起来的德国哲学思想的通常范围。黑格尔左派认为他是属于自己一派的。他保存了一部分黑格尔的术语。但是,一八四五年他在他的作品选集的序文中说

---

① 施特劳斯(D. F. Strauss, 1808—1874),德国哲学家和政论家。
② 米希勒特(K. L. Michelet, 1801—1893),德国哲学家,《黑格尔哲学史讲义》编纂者。
③ 罗森克朗茨(K. Rosenkranz, 1805—1879),德国哲学家,黑格尔传记作者。
④ 指一八四八年欧洲各国的革命。

道,哲学已经过时,应该让位给自然科学。他考察了他的思想所经过的发展阶段,并且指出为什么他的思想不在每一阶段上停留下来,却认为它已经过时而转入下一阶段,他在阐述了他的最后几本著作的基本思想之后,问道:"这个观点不也是过时了吗?"又回答道:"很遗憾,是的! 哀哉,哀哉!①"他认为连《宗教的本质》(*Das Wesen der Religion*)这样的著作也过了时,他所以这样说,是因为他希望即将出现一批自然科学家,能够代替哲学家来解释一些广泛的问题,而这些问题的研究工作在这以前一直是被称为哲学家的思想家们的专业。

自从费尔巴哈说出这一希望以后,已经过去四十多年了。他的希望是否实现了呢? 这不是我要研究的问题。我对这个问题的回答一定是可悲的。

一八四六年,为本书第三版写序言的作者②得到了一个机会,可以利用良好的图书馆和花一点钱来购置书籍。在那时以前,他仅只读过外省城市里可能得到的书籍,在那些城市里没有一个像样的图书馆。他谙习了俄国人对黑格尔体系的解说,非常之不充分的解说。当他最后获得了读黑格尔著作原文的机会的时候,他就开始对这些论著加以研究。黑格尔的原作,远不及他根据俄国人的解说所期待的那样使他喜欢。原因是,俄国的黑格尔研究者是用黑格尔左派的精神来阐述他的体系的。在原作中,黑格尔与十七世纪的哲学家,甚至烦琐学派,比与黑格尔体系的俄国的解说中的他更为相近。读他的著作是令人厌烦的,因为要形成一种科学的思想方法,读他的著作显然是徒劳。正在那时,费尔巴哈的主要著作之一偶然落到了这个渴望形成这样一种思想方法的青年的手里。他成了这位思想家的追随者;他勤勉地再三阅读费尔巴哈

---

① 楷体文字在原著中为德语。
② 即车尔尼雪夫斯基。俄国学者在专著中常常以第三人称自称。——编者注

的著作,一直到生活上的需要使他不能潜心于科学研究工作的时候。

约莫在认识费尔巴哈之后六年,作者由于生活上的需要①写了一篇学术论文。他感到,他可以应用费尔巴哈的基本思想来解决知识领域内某些未经他的宗师探讨的问题。

作者需要写的这篇论文的主题是关涉文学的。他想用他觉得是从费尔巴哈的思想中得出的结论来解释那些关于艺术,特别是诗歌的概念,以满足这个要求。这样,正在写的这篇序所属的这本小书,就是一个应用费尔巴哈的思想来解决美学的基本问题的尝试。

作者决不自以为说出了什么属于他个人的新的意见。他只希望做一个应用在美学上的费尔巴哈思想的解说者。

和这怪不相称的,是费尔巴哈的名字在这整篇论文中竟一次也未提及。这是因为那时候这个名字在任何俄国书籍中都不能提到。作者也没有提及黑格尔的名字,虽则他不断地驳难当时还继续支配俄国文学的黑格尔的美学理论,论述时却也只好不提黑格尔。这个名字那时在俄文中也是不便使用的一个。

在美学论著里面,费肖尔②的渊博的学术著作《美学,或美的科学》(Aesthetik, oder Wissenschaft des Schönen)当时是被认为最好的。费肖尔是黑格尔左派,但是他的名字却没有列入不便提及的名字里面,因此,作者在觉得必须指出自己所驳难的人的时候就提到他;并且,当作者需要引用某一为他所驳斥过的美学概念辩护的人的原话时,他就从费肖尔的《美学》中摘录一些。当时黑格尔本人的《美学》在事实的细节方面已经过时了;所以他宁愿引证费肖尔的《美学》,因为当时那还是一本新的著作。费肖尔是一个相当

---

① 车尔尼雪夫斯基当时正准备参加学位考试。
② 费肖尔(F. T. Fischer, 1807—1887),德国美学家。

强的思想家,但是同黑格尔比起来却是个侏儒。凡是他同黑格尔《美学》的基本思想有出入的地方,都是把这些思想损坏了。但是,作者所引用的那些文句,却总是说明黑格尔的思想的。

应用费尔巴哈的基本思想来解决美学问题,作者得出了和黑格尔左派的费肖尔所主张的美学理论完全相反的思想体系,这正相当于费尔巴哈哲学与黑格尔哲学(即使是黑格尔左派思想家们笔下的那种形态的黑格尔哲学)的关系。这个体系和形而上学的体系完全不同,形而上学的体系中在科学方面最出色的就是黑格尔的体系。内容的血缘关系消失了,剩下的只是从康德到黑格尔的全部德国哲学体系所共同的某些术语的使用。黑格尔左派的思想家们根据费尔巴哈特有的独立见解认为,他对社会生活的愿望是和他们自己以及当时大多数有教养的人的愿望一样的,因此他们把费尔巴哈当作了自己人。在一八四八年以前,他们还没有注意到费尔巴哈的思想和他们的概念有根本的区别。这种区别由于对德国一八四八年春发生的事件的看法不同才显示出来。二月底法国发生的政变鼓舞了德国的改良派;改良派觉得德国人民同情他们的愿望,于是他们在三月初在市民群众赞助下夺取了巴登、符腾堡及德意志西部各小国的政权。数日之后,奥地利发生了政变:匈牙利脱离维也纳政府而获得了独立。维也纳政变之后一星期,柏林又发生了政变。改良派相信,不仅改良派的地方首领们组成的一些德意志的二等国和小国政府会帮助他们实现他们的愿望,而且现在多少带有自由主义思想和爱国热情的人所组成的奥地利政府和普鲁士政府也会帮助他们,或者至少要服从他们的要求。三月底,在旧德意志帝国首都法兰克福,举行了人数众多的自由主义派代表大会。他们宣布自己的会议(预备议会)有权力和义务下令召开德国议会("国民会议"),监督在法兰克福开会的、按旧制度由德意志各政府的全权代表组成的德国国会的行动,采取各种必要的措施,使所有的德意志政府,其中包括普鲁士政府和奥地利政府,服从这个国会,而国会要按照预备议会的指令来通过各项决议。果然,所有的政府,甚至普鲁士政府和奥地利政府,都服从了预备议会和它所控制的德国国会。一八一五年成立的被称为德意志联盟的国家联邦各地举行了德国议会议员的选举,这个议会将在法兰克福召开,并且要建立新的德国国家制度,把德国由"国家联邦"(staatenbund)变为"联邦国家"(bundesstaat)。五月十八日国民会议(即德国议会)在法兰克福开会了。所有的政府都承认它的权力。会议在六月十四日选举临时执掌奥地利国政的奥皇叔父约翰大公为德国临时执政。他料理了奥地利的国政之后,便来到法兰克福,并于七月十二日就任德国联邦执政。不仅奥地利政府,就连普鲁士政府也承认他的权力。德国国民会议制定了德国联邦国家的宪法。看来,德国改良派的希望是实现了。

整个黑格尔左派都积极地参加了这些事件,这些事件的结果是:召开了德国国民会议,德意志各国政府都服从德国国民会议,成立了临时中央政府,德意志各国政府都服从这个中央政府。

费尔巴哈既没有参加获得这样成效的鼓动工作,也没有出席德国国民会议。因此,他招惹了人们的谴责。事情到了以改良派的希望完全破灭而结束的时候,他才说道,他一开始就预见到这件事要大大失败,所以他不能参加一开始他就认为没有成功希望的事情。按照他的意见,改良派的纲领是不彻底的,改良派的力量不足以改造德国,改良派想获得成功的希望是幻想。当他发表这种意见的时候,德国大多数有教养的人都觉得是正确的。如果他早些出来为自己辩护的话,那么在不正当的谴责上还要加上一个正当的谴责,说他所申述的意见削弱了改良派。因此,当时人们责备他缺乏勇气,对国民福利不关心,他也只好默然忍受。现在改良派的事业已经彻底失败,所以他为自己的行为辩护,也不会对他们有害了。

他和黑格尔左派对一八四八年春的政治事件的看法的不同,跟他的哲学观念体系和黑格尔左派的思想不同正相符合。在黑格尔逝世后组成黑格尔左派的黑格尔的门徒们的哲学思想是不够彻底的,他们保存了过多的空幻的概念,这些概念或者是黑格尔体系所特有的,或者是黑格尔体系同康德以后的德国哲学中的所有形而上学体系所共有的。康德在反对形而上学的时候,却比被他驳斥过的前辈们,沃尔夫①学派的德国哲学家们更深地陷入了形而上学。同时,黑格尔左派的哲学家们在接受那些看来是进步的自然科学专家和社会科学专家的观点时不够严格,他们从这些专门著作中除吸取了科学真理之外,还吸取了许多错误理论。黑格尔左派哲学家思想的这些弱点,极明显地表现在黑格尔左派活动家布鲁诺·鲍威尔②的著作中。布鲁诺·鲍威尔才智过人,仅次于施特劳斯。他好几次从这一极端走到那一极端,例如,他起初谴责施特劳斯在圣经注释中的评论具有破坏性,但是不久以后,他自己也写了一篇注释圣经的论文,施特劳斯的注释文章与之比较起来就显得保守了(布鲁诺·鲍威尔用作者自己虚构这种理论代替了施特劳斯的神话论),所以他的著作虽然足以说明他有很高的才智,但是却没有像施特劳斯的著作那样影响冷静理智的人的思想,因为施特劳斯永远是个冷静理智的人。

施特劳斯不断改善自己的一些概念,最后归纳成论文《旧信念和新信念》(*Der alte und der neue Glaube*)中所阐述的那种体系。这本书出版于一八七二年。显然,施特劳斯当时打算完全肃清自己概念中的形而上学的成分。德国大多数有教养的人也都这样觉得。事实上,他虽然接受了自然科学的一切结论,却在自己的思想上保留了很多形而上学的成分;他接受自然科学的理论是很马虎的,他无法辨别这些理论的科学真理和谬误。

费尔巴哈可不同;他的体系具有纯粹的科学性质。

---

① 沃尔夫(C. Wolff, 1679—1754),德国哲学家。

② 布鲁诺·鲍威尔(B. Bauer, 1809—1882),德国哲学家。

但是他刚完成他的体系以后不久,疾病就削弱了他的活动。他还没有老,可是他已感觉到他将没有时间依照他的基本科学思想来解说那些当时是、现在也仍然是所谓哲学家们的专业的专门科学,因为没有专家能够探究出广泛的概念,借以解决这些知识部门的根本问题(如果用旧的名称来称呼这些科学,那么其中主要的是:逻辑、美学、伦理学、社会哲学、历史哲学)。因此,他在他一八四五年的文集的序言里说,他的著作应当用旁的著作来代替,但是他要这样做,体力已经不支了。这种感情也正说明了他对他自己提出的问题的忧愁的回答:"这个观点不也是过时了吗? 很遗憾,是的! 哀哉,哀哉!"它果真过时了吗? 在这个意义上说自然是过时了,这就是说:更广泛的科学问题的研究重心,应当从人民大众的理论信念以及建立在这些平民的概念基础上的科学体系的专门研究领域,转移到自然科学领域去。但是直到现在还没有做到。那些自命为包罗万象的理论的建设者的自然科学家,实际上仍然是创造了形而上学体系的古代思想家的门徒,并且往往是其体系早已一部分被谢林①、而最后被黑格尔所毁坏了的思想家的门徒,不仅这样,并且往往是拙劣的门徒。只消想起下面的事实就足够了:大多数企图建立人类思想活动规律的广泛理论的自然科学家,都重复着关于我们的认识的主观性这一康德的形而上学理论,根据康德的话,他们认为:我们肉体感觉的形态并不和实际存在的对象的形态相似,因此实际存在的对象以及它们的真正的性质、它们的真正的相互关系,仍旧不为我们所知,而且,即使它们是可知的,也不可能成为我们思维的对象,因为思维是将一切知识材料装入和实际存在的形态完全不同的形态中;思维的规律本身只有主观的意义,在现实中,我们所认为有因果关系的东西是没有的,因为根本没有前因和后果,没有全体和部分,等等。当自然科

---

① 谢林(F. W. Schelling,1775—1854),德国唯心主义哲学家。

学家不再说这类形而上学的胡话的时候,他们才能够在自然科学基础上去探究,并且多半会探究出比费尔巴哈所论述的更为精确和完备的思想体系来。但是直到目前,关于所谓引人探讨的基本问题的科学概念的最好解说,仍然是费尔巴哈的解说。

这本将要重版的小册子的作者在书中竭力表明,他认为只有那些取自他的先师论文中的思想才有重要意义,小册子中的这些篇幅就是本书所能有的全部价值。他为解决专门的美学问题而从费尔巴哈思想中得出的结论,在那时他觉得是正确的,但是,当时他也不认为特别重要。他所以喜欢自己这本不大的著作,只是因为他能用俄文重述费尔巴哈的若干思想,并且是用当时俄国文学界对类似著作所要求的那种形式来重述的。

作者分析了美的概念之后说,他觉得这个概念的定义是正确的,按照他的意见,这个定义是"从和以前科学界流行的观点完全不同的、对现实世界和想象世界的关系的一般观点中得出的结论"。这应当这样来理解:他的结论是从费尔巴哈下面的思想中得出来的,即想象世界仅仅是我们对现实世界的认识的改造物,而这种改造物是我们的幻想按照我们的愿望而产生的,改造物同现实世界事物在我们心中所引起的印象比较起来,在强度上是微弱的,在内容上是贫乏的。

总而言之,只有那些涉及专门的美学问题的局部思想才是作者自己的。这本小册子里一切具有更广泛的性质的思想都属于费尔巴哈。作者忠实地重述了这些思想,并且在俄国文学界的情况所允许的范围内接近了费尔巴哈对这些思想的阐述。

在重读这本小册子时,我们就正文作了一些改动。所改的都是一些很小的问题。我们不想大大修改我们所重印的这本小册子。在晚年来修改青年时代所写的东西,是不适当的。

一八八八年

马克思、列宁对车尔尼雪夫斯基的评语摘录

　　我从洛帕廷那里了解到，车尔尼雪夫斯基一八六四年被判处在西伯利亚矿井服苦役八年，因此还有两年才满期。初级法院曾相当公正地宣布，根本没有任何不利于他的东西，所谓图谋不轨的秘密信件显系伪造（事实就是如此）。但是参政院遵照谕旨，利用自己的最高权力撤销了法院的宣判，并把这个狡猾人物放逐西伯利亚，如判决书所云，此人"如此狡诈"，他能"使自己的著作保持一种法律上无懈可击的形式同时也公然在其中喷射毒液"。这就是俄国的司法！

马克思 1870 年 7 月 5 日致恩格斯信。

《马克思恩格斯全集》，第三二卷第五〇七页。

　　多蒙您盛意给我寄来各种俄文书籍，对此我非常感谢。所有这些书籍都顺利地寄到了。我也很乐于看这位作者①的其他经济著作（他的关于约·斯·穆勒的著作②我已经有了）。

马克思 1871 年 6 月 13 日致尼·弗·丹尼尔逊信。

《马克思恩格斯全集》，第三三卷第二三〇页。

---

① 指尼·加·车尔尼雪夫斯基。

② 指车尔尼雪夫斯基《对约翰·斯图亚特·穆勒的〈政治经济学〉第一部的补充和注释》。

您寄来的稿子①还在我这里,因为吴亭无法把它付印,而艾尔皮金属于那一帮混蛋之列。稿子很有意思。……

还有一件事。我想就车尔尼雪夫斯基的生平、个性等写些东西发表,以期在西方引起对他的同情。但是,为此我需要一些资料。②

马克思 1872 年 12 月 12 日致尼·弗·丹尼尔逊信。

《马克思恩格斯全集》,第三三卷第五四八页。

关于车尔尼雪夫斯基,我只是谈他学术上的贡献,还是也可以涉及他其他方面的活动,这完全取决于您。在我的著作③的第二卷中,自然他将只作为一个经济学家而被提到。他的很多著作我是知道的。

马克思 1873 年 1 月 18 日致尼·弗·丹尼尔逊信。

《马克思恩格斯全集》,第三三卷第五六〇页。

一八四八年大陆的革命也在英国产生了反应。那些还要求有科学地位、不愿单纯充当统治阶级的诡辩家和献媚者的人,力图使资本的政治经济学同这时已不容忽视的无产阶级的要求调和起来。于是,以约翰·斯图亚特·穆勒为最著名代表的毫无生气的混合主义产生了。这宣告了"资产阶级"经济学的破产,关于这一点,俄国的伟大学者和批评家尼·车尔尼雪夫斯基在他的《穆勒

---

① 指车尔尼雪夫斯基 1862 年写的《没有收信人的信》一稿。马克思想通过吴亭在日内瓦出版。未果。后于 1874 年由拉甫罗夫在苏黎士《前进!》杂志出版社出版。

② 直到 1873 年 4 月 1 日,丹尼尔逊才随信给马克思寄去了有关车尔尼雪夫斯基的简短传记资料,至于他的文学活动和政治诉讼的材料,丹尼尔逊始终没有弄到。所以马克思的愿望未能实现。

③ 即马克思的《资本论》。

政治经济学概述》中已作了出色的说明。

马克思:《资本论》的《第二版跋》。

《马克思恩格斯全集》,第二三卷第一七至一八页。

　　我们这里肮脏的事情也是多得无以复加,虽然人们还没有那样厚颜无耻地当众宣扬⋯⋯车尔尼雪夫斯基的那句话在这里是适用的:"谁沿着历史的道路行进,他就不要怕沾上脏东西。"①

马克思 1876 年 4 月 4 日致费·阿曼·左尔格信。

《马克思恩格斯全集》,第三四卷第一六八页。

　　只有以先进理论为指南的党,才能实现先进战士的作用。读者如果想要稍微具体地了解这句话的意思,就请回想一下俄国社会民主主义的先驱者赫尔岑、别林斯基、车尔尼雪夫斯基以及七十年代的那些光辉的革命家;就请想想俄国文学现在所获得的世界意义⋯⋯

《怎么办? ——我们运动中的迫切问题》。

《列宁全集》,第五卷第三三七页。

　　车尔尼雪夫斯基是空想社会主义者,他幻想通过旧的、半封建的农民公社过渡到社会主义,他没有看见而且也不能在上世纪六十年代看见:只有资本主义和无产阶级的发展,才能为社会主义的实现创造物质条件和社会力量。但是,车尔尼雪夫斯基不仅是空想社会主义者,他同时还是一个革命的民主主义者,他善于用革命的精神去影响他那个时代的全部政治事件,通过书报检查机关的

---

　　①　车尔尼雪夫斯基的原话是:"历史的道路不是涅瓦大街的人行道⋯⋯谁害怕沾染灰尘和弄脏靴子,他就不必参加社会活动。"见 1861 年 1 月第 85 期《同时代人》第二栏"时评"。

重重障碍宣传农民革命的思想,宣传推翻一切旧权力的群众斗争
的思想。

《"农民改革"和无产阶级农民革命》。

《列宁全集》,第一七卷第一〇五页。

但是继赫尔岑之后发展了民粹主义观点的车尔尼雪夫斯基,
比赫尔岑更前进了一大步。车尔尼雪夫斯基是彻底得多的、更有
战斗性的民主主义者。他的著作散发着阶级斗争的气息。他毅然
决然地实行了揭发自由派叛卖行为的路线,这条路线是立宪民主
党人和取消派直到现在还痛恨的。尽管他具有空想社会主义的思
想,但是他还是一个资本主义的异常深刻的批评家。

《俄国工人报刊的历史》。

《列宁全集》,第二〇卷第二四一页。

在哲学方面,米海洛夫斯基是说俄国最伟大的空想社会主义
的代表车尔尼雪夫斯基向后倒退了一步。车尔尼雪夫斯基是一个
唯物主义者,并且一直到他一生的最后一天(即到十九世纪八十
年代)都在嘲笑时髦的"实证论者"(康德主义者、马赫主义者等
等)对唯心主义和神秘主义所作的种种让步。而米海洛夫斯基恰
恰是跟着这些实证论者走的。

《民粹派论尼·康·米海洛夫斯基》。

《列宁全集》,第二〇卷第一〇八至一〇九页。

我们已经详细地说明,不论过去和现在,唯物主义者批判康德
的角度总是同马赫、阿芬那留斯批判康德的角度完全相反的。我
们认为,在这里哪怕是简略地补充说明一下俄国伟大的黑格尔主
义者和唯物主义者车尔尼雪夫斯基的认识论立场,也是必要的。

在费尔巴哈的德国学生阿·劳批判康德之后没有多久，俄国的伟大著作家车尔尼雪夫斯基（他也是费尔巴哈的学生）开始试图公开地表明他对费尔巴哈和康德的态度。早在上世纪五十年代，车尔尼雪夫斯基就作为费尔巴哈的信徒出现在俄国文坛上了，可是俄国的书报检查机关甚至连费尔巴哈的名字也不许他提到。一八八八年，车尔尼雪夫斯基在准备付印的《〈艺术与现实的审美关系〉第三版序言》中试图直接提出费尔巴哈，可是书报检查机关即使在这一年也不准引证一下费尔巴哈！这篇序言直到一九〇六年才和读者见面……

……车尔尼雪夫斯基是唯一真正伟大的俄国著作家，他从五十年代起直到一八八八年，始终保持着完整的哲学唯物主义的水平，能够摈弃新康德主义者、实证论者、马赫主义者以及其他糊涂虫的无聊的胡言乱语。但是，车尔尼雪夫斯基没有上升到，更确切些说，由于俄国生活的落后不能够上升到马克思和恩格斯的辩证唯物主义。

《唯物主义和经验批判主义》。

《列宁选集》，第二卷第三六六、三六八页。

"外国文艺理论丛书"书目

第 一 辑

书　名	作　者	译　者	
柏拉图文艺对话集	〔古希腊〕柏拉图	朱光潜	
诗学	〔古希腊〕亚理斯多德	罗念生	
古代印度文艺理论文选	〔印度〕婆罗多牟尼 等	金克木	
诗的艺术 (增补本)	〔法〕布瓦洛	范希衡	
艺术哲学	〔法〕丹纳	傅　雷	
福楼拜文学书简	〔法〕福楼拜	丁世中　刘　方	
波德莱尔美学论文选	〔法〕波德莱尔	郭宏安	
驳圣伯夫	〔法〕普鲁斯特	沈志明	
拉奥孔 (插图本)	〔德〕莱辛	朱光潜	
歌德谈话录 (插图本)	〔德〕爱克曼	朱光潜	
审美教育书简	〔德〕席勒	冯　至　范大灿	
悲剧的诞生	〔德〕尼采	赵登荣	
艺术与现实的审美关系	〔俄〕车尔尼雪夫斯基	周　扬	
卢那察尔斯基论文学	〔苏联〕卢那察尔斯基	蒋　路	
小说神髓	〔日〕坪内逍遥	刘振瀛	